KB180482

1920년대 조선에서 노래된 일본 속요

조선 정서

朝鮮情緒

1920년대 조선에서 노래된 일본 속요

조선 정서
朝鮮情緒

가노 마사토加納万里 편
정병호 역

역락

서문

가요는 사람의 마음을 부드럽게 하고 또한 사람의 마음을 말하는 이른바 마음가짐의 표현입니다. 특히 속요에는 그 지방의 로컬컬러(Local Color)가 상당히 심각하게 포함되어 있음을 부정할 수 없습니다. 산사시구레[1]로 센다이(仙台)를 생각하고, 오바코가락[2]으로는 야마가타(山形)를 상상하고, 야스키가락[3]에서는 이즈모(出雲)의 온화한 정조가 엿보이고, 이소가락[4]에서는 동해(東海)의 노도가 상상됩니다. 오로지 조선에는 아직 조선을 대표할 수 있는 가요가 없

1) 미야기현(宮城縣) 센다이(仙台)지방의 민요. 에도(江戶) 중엽부터 결혼이나 신축(新築) 축하 해사 등 경사스런 자리에서 부르는 축의가(祝儀歌)로서 유행하였는데, 원래는 손장단만으로 부르는 노래였지만 샤미센(三味線) 반주를 받는 것은 메이지 이후의 일이다.

2) 아키타(秋田), 야마가타(山形), 후쿠시마현(福島縣) 등에 분포하는 민요로 남녀의 사랑을 노래하였다.

3) 시마네현(島根縣) 이즈모(出雲) 지방에서 노래된 민요로서, 이즈모가락(出雲節)가 기원이었는데 근대에 들어와 다이쇼(大正)시대에 널리 노래되었다.

4) 이바라키현(茨城縣) 오아라이(大洗)를 중심으로 한 해안지방에서 주연의 자리에서 노래되었던 민요. 이전부터 노래되었던 뱃노래를 원형으로 하여 메이지(明治)시대 중기에 작곡되어 전국적으로 유행하였다.

습니다. 압록강가락(鴨綠江節), 국경가락(國境節), 백두산가락(白頭山節)과 같은 것은 유명하기는 하지만 조선을 대표하는 것으로서는 부족한 느낌이 듭니다.

본서의 편자는 여기에 보는 바가 있어서 이번 본서를 편찬하고 권두에 경성고우타(京城小唄)를 게재했습니다. 경성고우타는 편자의 작(作)에 관련된 것 중에서 경성 기분이 가장 잘 드러나 있습니다. 다음에는 나카우치 쵸지(中內蝶二)씨의 조선십경(朝鮮十景)을 게재했습니다. 이것이 이번의 조선박람회(朝鮮博覽會)와 더불어 일반인에게 보급되었을 때, 조선 기분이 노래와 더불어 전국에 퍼지는 것이 조선의 장래에 얼마나 많은 친근감을 제공할까요. 조선을 전일본 국민의 마음에 강하게 새기기 위해서는 박람회보다도 이쪽이 훨씬 위대한 효과를 발휘할 것이 틀림없습니다. 편자는 원래 교육계 출신으로 수십 년에 걸쳐 조선 민정(民情)에 깊은 이해를 지닌 유일한 조선연구자입니다.

본서는 앞에서 기술한 두 가지 노래뿐만 아니라 조선에서 목하 유행하는 수많은 이요(俚謠)를 싣고 또한 조선의 음악, 무용, 유녀 등에 관해 그 대강의 지식을 널리 망라하고 있습니다. 조선을 알기 위해 수많은 귀중한 참고재료가 출판되고 있음에도 불구하고 이 방면의 정서를 엿보기 위해서는 아무런 저작도 없습니다.

본서는 어쩌면 어느 의미에서 군계일학, 만록총중홍일점(萬綠叢中紅一點)입니다. 특히 폐회(弊會)가 편자에게 청하여 본서의 출판을 맡은 이유는 결코 여러분에게 단순한 유희 기분을 돋우는 것을 종극의 목적으로 하지 않습니다. 그곳에 살펴야 할 기미(幾微)가 존재함을 양해해 주었으면 합니다.

그린 모란꽃은 아니지만
향기가 없으면 나비들이 머물지 않는다.

1929년 8월
조선시찰유람회편집부에서
撫樽 적다.

차례

기생의 춤 / 35

기생의 역사 / 45

조선의 유녀 / 53

국경가락(國境節) / 63

/일본어 노래/

경성 고우타(京城小唄)1)

작가 가노 마사토(加納万里)
작곡 도바야 산조(鳥羽屋三藏)

1. 경성 좋은 곳, 기생 부르면
가벼운 박자의 장고에 따라
아리랑, 시조(詩調), 내지(內地) 노래에
치마를 걷어 올린 세련되고 매력적인 모습
분수를 알고 만족하는 선사(禪師)는 아니지만
마풍(魔風)에 넣더라도 사랑의 길
옳지 그렇지 좋지 좋지2)

1. 은방울 꽃 모양의 제등을 걸어서 빠져 나가
종로 야시장에 손에 손을 잡으면
달이 떠 있는 파고다에 자취마저 꺼리고

1) 샤미센(三味線) 반주를 받는 짧은 속요이다. 에도(江戶)시대 하우타(端唄)에서 변화하여 현대에까지 이르고 있다. 한편 메이지(明治)시대 말부터 쇼와(昭和)에 걸쳐서는 주로 레코드에서 사용된 유행가요의 한 분류이기도 하다.

2) 이 후렴구는 한국어 '옳지 그렇지 좋지 좋지'를 가타가나 'ヲルチ クロツチ チヨツチ チヨツチ'로 표기하고 있다.

남의 눈을 피하는 은군자(隱君子)[3]

어쨌든 사랑의 길은 뜻대로 되지 않는다.

멋대로 되어라 신마치(新町)[4]로 돌아갈까 카페

옳지 그렇지 좋지 좋지

1. 눈은 백악(白岳), 단풍은 비원

신록의 남산 골짜기의 찻집은

고집과 기개를 가락에 간직한다.

염문 떠내려가는 한강은

거울처럼 얼어붙은 스케이트장

미끄러져 넘어지는 것은 사람 나름

옳지 그렇지 좋지 좋지

---

3) 조선시대 유녀 중 한 부류인데, 은근자(殷勤者)라고도 한다. 옛날부터 존재하였던 기녀를 구한말에 이르면 일패(一牌), 이패, 삼패로 구분하였다. 그 중 은근자는 이패에 속하는데 남모르게 매춘한다고 붙여진 은군자는 기녀 중 가장 낮은 등급이자 삼패인 탑앙모리보다는 높지만 가장 높은 등급이자 일패인 기생보다는 낮았다.

4) 현재 서울 중구 쌍림동 일대의 지역인데 재조일본인 유곽지대로 유명하였다.

조선박람회(朝鮮博覽會)

1. 몹시도 고생한지 벌써 20년
겨우 올해로 뜻이 이루어져
정수를 모아 매무시를 다듬고

비단으로 엮어내는 두루마리 그림
풀어서 보이겠습니다. 당신을 위해
조선 한눈에 들어오는 박람회
옳지 그렇지 좋지 좋지

/조선 10경(朝鮮十景)/

조선 10경(朝鮮十景)

작가 나카우치 쵸지(中內蝶二)5)
작곡 사네야 사키치(杵屋佐吉)6)
안무 와카야기 기치조(若柳吉藏)7)
악기 우메야 긴타로(梅屋金太郎)8)

1. 부산부두의 일출

주홍색 하늘 일색에 날이 밝아오고
파도 고요한 넓고 푸른 바다
건너가는 해로(海路) 화창하고
우키에(浮繪)9)에 보이는 진범편범(眞帆片帆)10)

---

5) 1875-1937. 하쿠분칸(博文館)과 『요로즈쵸호(万朝報)』 기자를 거쳐 극평(劇評)과 극작(劇作)으로 인기를 얻고 신파극의 각본을 썼으며 소설과 나가우타(長唄) 작사를 쓰기도 하였다.

6) 1884-1945. 나가우타(長唄) 샤미센(三味線) 연주자.

7) 1879-1944. 일본 전통 무용가.

8) 1902-1985. 일본의 나가우타(長唄) 악기연주자. 나가우타협회부회장을 역임.

9) 에도(江戶)시대에 우키요에(浮世繪) 양식 중 하나로서 서양의 투시화법을 사용하여 원근감을 강조한 것.

10) 돛을 가득히 펴서 순풍으로 달리는 것이 진범(眞帆)이고 돛을 반 정도 펴서 옆바람을 받고 달리는 것이 편범(片帆).

연기가 길게 뻗치는 흑선(黑船)도
큰 배 작은 배 떼를 지어
이어지는 부산 입항

2. 조선신궁(神宮)의 여름 새벽녘

흔들림 없는 나라 진호(鎭護)의 신궁(神宮) 기둥
굵게 세운 큰 도리이(鳥居)[11]
올려다보니 높은 돌계단을
이슬이 마르지 않은 사이의 아침 참배
천황의 위광이 황공한 신사 울타리에
옷깃을 여미고 손 모아 절하면
마음 상쾌한 새벽녘의
바람의 산들거림도 상쾌하게

3. 의주 통군정(統軍亭)[12]의 원망(遠望)

압록강 강가의 언덕에 피어난
야마토고코로(大和心)[13]의 벚꽃
필 때도 질 때도 떳떳한

---

11) 신사(神社)의 참배 입구에 세운 기둥 문.
12) 평안북도 의주에 있는 정자로서 고려초기에 세워진 것으로 추정되나 한국전쟁 때 파괴되었다가 다시 복구되었다.
13) 일본민족 고유의 정신으로 천황제의 국수주의 사상. 전쟁 중 군국주의사상 아래 선전된 '야마토다카시이(大和魂)'와 같은 뜻이다.

용사들의 꿈의 자취
북쪽의 경계를 멀리 바라본다.
통군정의 여명
봄 안개 개어가는 큰 강에
흘러가는 뗏목이 흔들흔들

4. 인천 월미도의 초저녁 달

하마우타(濱唄)[14]
먼 바다 섬들 바다로부터 날이 저물고
돌아오는 범선이 어렴풋하게
선창(先唱)
섬들은 육지에 이어지고 합승한
자동차도 좋겠지. 배로
건너가는 것도 멋진 초저녁의 어스름을
둘이서 드는 술잔에
저기 달이 나온 섬 이름도
월미도라니 참 아름답구나.
요이요이 요이요이요이야사[15]

14) 민요의 일종으로 어부들이 해변에서 부르는 노래.
15) 이하 후렴구에 해당하는 일본어는 일본어 발음 그대로 하선으로 표시해 두었음.

되돌려
바다 온천 끝마친 난간에
마음도 가벼운 여름 옷
해변에 부는 바람에 휘날리고
조금 휘감긴 소매와 소매
저기 달이 나온 섬 이름도
월미도라니 참 아름답구나.
요이요이 요이요이요이야사

되돌려
하나로 끼어 맺은 손에
더위 잊는 석간수(石間水)
이름마저 그윽한 꽃송이의
우물에 두 사람의 수면 거울
저기 달이 나온 섬 이름도
월미도라니 참 아름답구나.
요이요이 요이요이요이야사

5. 경주 불국사의 회고

옛날 신라의 도읍지 한적하지만
명예 고귀한 불국사
산의 석굴의 부처님은

영묘한 기교만의 자취
탑이 완성되는 날을 애타게 기다려
연못의 말부스러기로 사라진
아사녀의 사랑의 가엾음을
듣기에도 가련한 이야기

6. 평양 목단대의 환상

백화(百花)의 왕이라는 이름에 어울리는
목단과 닮아있는 목단대
신록에 떠있는 고루(高樓)에
영화를 자랑하는 부귀초
꽃 속의 호접(胡蝶)으로 몸을 둔갑하여
옛날을 회상하는 것도 그립구나.
고구려의 도읍지 봄의 절정이 지나고
아직 깨지 않는 꿈의 꽃
꽃으로 잘못 본 소녀의
춤추는 장식 옷깃이 흔들리자
팔랑 팔랑 팔랑 너울 너울 너울 너울 너울
이슬의 정에 얽매여
꽃의 색향(色香)에 그리워하며 다가오는
나비도 훨훨 훨훨훨
쫓고 쫓기며 여념 없고

춤추는 건 호접인가 소녀인가
나비인가 소녀인가, 소녀인가 나비인가
팔랑 팔랑 너울 너울 너울 너울 너울
더불어 미치자 유쾌하다.

7. 북한산 눈의 정경

어젯밤 눈에 조용히
쌓이는 이야기의 새벽녘은
창문으로 엿보는 북한(北漢)의
산도 새하얗게 옥 같은 살결
헤어지고 싶지 않은 헤어질 아침 시각에
사랑의 무거운 짐도 내 것이라고
생각하면 가벼운 지우산을
함께 받는 두 사람
옷자락을 허리띠 사이에 걷어 올리고 자 그럼 안녕
눈경치를 보며 즐기다 구르는 곳까지

8. 조선박람회의 성관(盛觀)

가을은 말야, 가을의 단풍에 색깔을 한데 섞어
올해는 문화의 꽃이 핀다.
거건 말야, 저것은 조선박람회
정말이지, 그렇고 말고

서쪽은 말야, 서쪽 지방에서 다시 동쪽에서
모두 보러온 저 인산인해
저건 말야, 저것은 조선박람회
정말이지, 그렇고 말고
오늘도 말야, 오늘도 내일도 경복궁으로
정말로 왕래가 빈번한 저 사람들의 물결
저건 말야, 저것은 조선박람회
정말이지, 그렇고 말고

9. 금강산의 단풍 가을

오자쓰마(大薩摩)16)
봐라 기암괴석의 경치를 늘어놓은
비폭급단(飛瀑急湍)의 정취를 다하고
수석(水石) 다투는 조화의 기교
그 숫자 일만이천봉
그림으로도 노래로도 미치지 않는
금강산의 절승(絶勝)은
눈부시고 또한 두드러진다.
단풍의 가을은 새삼스레
나무들의 나뭇가지 끝도 물이 들고

16) 에도시대의 고조류리(古淨瑠璃)의 하나로 웅장하고 호쾌한 음곡이 특색인데 19세기에는 긴 속요인 나가우타(長唄)에 흡수되었다.

모습을 꾸미는 산 여신이
짜내는 비단 한복
허리를 두르는 계류(溪流)의
띠도 단풍이 흩뜨려 물들였다.

10. 경성 창경원의 벚꽃

창경원의 봄은 한창이고
꽃에서 꽃으로 그리워하여
날이 저물어도 알지 못하는 꽃 친구
밤의 경치는 더욱 더
풍정을 돋우는 등롱(燈籠)에
어수선하게 지기 시작하는
꽃의 눈보라를 온 몸에 받고
춤추세 노래하세 꽃의 세상

/조선 음악/

조선 음악

조선의 고악(古樂)은 그 형식에서도 또한 예술적 가치에서도 양악(洋樂)에 비해 나으면 나았지 결코 뒤떨어지지 않는다고 이 방면의 사람들은 칭찬하고 있다.

현재의 조선음악은 이왕가(李王家)에 전해진 것과, 민간에 전해진 것 두 종류가 있는데, 이왕가에 전해진 아악(雅樂)에는 송악(頌樂)과 속악(俗樂) 두 종류가 있다.

아악은 고래 이왕가의 의식에 사용된 것인데 고대 지나(支那)의 하(夏)·은(殷)·주(周) 나라 시대에 행해진 궁정음악이 당(唐)·한(漢) 시대에 조선에 전해져 이조 초기에 명(明)나라 제도를 모방하여 개작한 것이다.

속악도 마찬가지로 당나라 시대에 전래한 것인데, 대다수는 조선에서 개작되어 향연 때 사용된 것인데 민간에서 행해지는, 같은 종류보다 다소 고상한 것이다.

우리나라 궁중에서 옛날부터 전해지고 있는 고악(古樂)은 대다수가 조선음악 중 속악이 전해진 것인데 송악 쪽은 전해지지 않았다.

아악의 용도를 말하면, 이왕가 선조의 제사가 매년 4회 행해질 때에 사용하는 것과 공자 및 그 문인(門人)을 제사지낸 문묘제(文廟祭), 즉 석전(釋典)에 사용되는 두 종류이며 어느 쪽에도 문무(文舞)와

무무(武舞)가 있다.

악기

아악에 사용하는 악기는 8음이라 칭하고 기구의 형체, 소질에 따라서 여덟 종류로 대별하며 그 수는 75개의 많은 수에 달하고 있다. 현재 이왕가에서 사용되는 악기는 51종인데 본가(本家)인 지나에서는 아득히 옛날에 이들 악기도 악곡도 사라지고, 일본 내지에서도 겨우 그 일부분밖에 남지 않았을 때, 오로지 조선에서만 고대의 모습이 완전하게 잔존한 것은 기적이라 하지 않을 수 없다. 현재 사용되는 주요한 악기는 다음과 같다.

휘(麾) · 조촉(照燭) · 아백(牙栢) · 편경(編磬) · 특경(特磬) · 편종(編鍾) · 특종(特種) · 대금(大金) · 부(缶) · 어(敔) · 훈(壎) · 금(琴) · 슬(瑟) · 축(柷) · 영고(靈鼓) · 삭고(朔鼓) · 방향(方饗) · 소(簫) · 나각(螺角) · 노조고(路兆鼓) · 장고(杖鼓) · 당적(唐笛) · 당피리(唐觱篥) · 생황(笙篁) · 장고(杖鼓) · 가야금(伽倻琴) · 당비파(唐琵琶) 등이다.

종묘등가악(宗廟登歌樂)

국왕이 종묘를 알현할 때, 또는 궁중제사를 할 때, 한층 높은 단상에서 연주하는 음악이며 악기로는 방향(方響) · 편경(編磬) 및 편종(編鐘)의 종류를 사용한다.

종묘문무(宗廟文舞)

등가악에 맞추어 6열 6행 36명의 무인(舞人)들이 약(籥) 및 적(翟)을 들고 춤추는 것인데 이것을 6일무(佾舞)라고 칭하고 있다.

유래를 보면 지나 본국에서는 8열 8행 64명이 춤추었는데 이를 8일무(佾舞)라고 칭하고 천자(天子) 즉 제왕무(帝王舞)라고 하였지만 조선에서는 6일무로 줄여 국왕무(國王舞)가 된 것은 지나에 대한 사려 때문이다.

종묘헌가악(宗廟軒歌樂)

등가악에 뒤이어 한층 낮은 전정(殿庭)에서 연주하고 이에 따라서 무무(武舞)를 행하는 것이다. 악기는 방향(方響)・편경(編磬)・축(柷)・대금(大金)・장고(長鼓)・편종(編鐘) 및 영고(靈鼓)를 사용한다.

종묘무무(宗廟武舞)

헌가악에 따라 칼(釰)과 창(鉾)을 들고 춤추는 것이다.

문묘등가악(宗廟登歌樂)

석전(釋典)은 음력 중춘(中春)과 중추(中秋)의 상정(上丁)[17]의 날에 행해진다. 악기로는 편경(編磬) · 어(敔) · 특경(特磬) · 특종(特鐘) · 고(鼓) · 훈(壎) · 소(簫) · 금(琴) · 슬(瑟) 등을 사용한다.

문묘무무(宗廟武舞)

등가악에 맞추어 행하는 것인데 현재는 악인(樂人)도 무인(舞人)도 점차 그 수가 줄어 무무(武舞)와 문무(文舞)를 겸하여 행하기 때문에 모처럼의 춤이 그 형태를 이루고 있지 않음은 정말 아쉬운 부분이다.

군악(軍樂)

군악은 국왕의 출사(出師) · 열병식 및 군대출동 시, 부대 선두에서 주악(奏樂)한 것인데, 도쿠가와(德川)시대의 수교사(修交使)가 에도성(江戸城)에 들어갈 때에 이 음악을 연주하여 크게 위무(威武)를 나타냈던 것이다.

---

17) 음력으로 매달 첫째 정(丁)의 날.

/기생의 춤/

기생의 춤

춘앵무(春鶯舞)

옛날 당나라 고종은 휘파람새 소리를 듣고 악사(樂師) 백명달(白明達)에게 명하여 춘앵무를 만들게 하였다. 이것이 조선에 전해져 다소의 변화는 있지만 오늘날의 춘앵무가 되었는데 이조 순조의 세자가 몸소 만드신 것이다. 온화한 봄날에 휘파람새의 우는 소리를 추상(追想)하는 의미의 노래를 넣어 혼자서 춤추는 것이다. 조선에서는 국왕의 들놀이라는 경사스러운 의미의 노래를 넣어 춤추는 무산향(舞山香)이라는 춤과 더불어 가장 고상 우미한 춤이라고 일컬어지고 있다.

사고무(四鼓舞)

고려 왕조 시중(侍中) 이혼(李混)이라는 관리가 죄를 얻어 경상북도 영해(寧海)로 귀양을 갔다. 당시 바다 위로 흘러온 고목을 주워 북을 만들었는데 그 소리가 매우 굉장했기 때문에 이것에 가락을 맞추어 일종의 춤을 안출하여 이것을 무고(舞鼓)라고 명명했다. 옛날은(옛날에는) 하나의 북을 중심으로 하여 네 명의 기생이 춤추었지만 최근 4면에 네 개의 북을 매달아 각각 한 사람이 한 개의 북을 추도록 개선하여 이름도 사고무라고 칭하게 되었다. 이 춤은 노래가 없고 오로지 춤만 출 뿐이지만, 나풀나풀 두 나비가 꽃을 돌아다니고 용맹스럽게 두 마리 용이 진주를 다투듯 춤 속의 기(奇)이함으로 상찬 받고 있다.

승무(僧舞)

이 춤은 한 사람, 두 사람 또는 네 사람의 기생이 춤추던 것인데 처음에는 맨손으로 조금 지나면 양손에 북채를 쥐고 북을 치면서 춤을 춘다. 기생의 검은 옷은 검게 물들인 법의에 해당하고 삼각형의 두건은 승려의 사미(沙弥) 모자의 형을 떴으며 붉은 색의 어깨띠는 가사(袈裟)에 해당하는 것이다.

고려조의 시조 태조가 반도통일의 위업을 이루고, 경성을 떠난 기차가 한 시간 반 걸리는 북쪽 개성에 도읍지를 정하고 나서 250년의 세월이 흘렀다. 조선불교사를 반복할 필요도 없이 당시는 불교가 가장 번성한 시대이며 따라서 명승도 수없이 배출됐다. 왕도(王都) 수천의 승려 중, 지족선사(知足禪師)라고 하면 당대에서 으뜸가는 고승으로서 그 이름을 모르는 자는 없었다.

황진이는 당시 개성에 교명(矯名)을 구가한 기생의 수일이었다.

단조로운 궁정 사무에 싫증난 관인(官人)과 최고의 부유를 자랑하는 젊은이가 권세와 금력을 가지고 이 절세의 미화(美花)를 손 안에 넣으려고 한 것은 본디 상상하기 어렵지 않은 일이다.

황진이가 자기의 용모를 자본으로 하여 남성에 대한 정복욕을

제멋대로 하고 있는 중에, 세월은 몇 번이나 흘러 남성 조종의 기교가 한층 훌륭해졌을 때, 이 세상의 남자라고 하는 남자는 그녀 앞에서 기개가 없는 일종의 노예로밖에 보이지 않았다. 이렇게 하여 득의 절정에 달했던 그녀에게도 희미한 반면의 부족이 있었다. 이러한 생각은 마지막에 일세의 신망을 모으는 지족선사에게 자신이 가지고 있는 미의 힘을 시험해 보게 했고, 어느 날 선사를 방문하여 설법을 듣겠다고 제안하였다.

과연 일세의 고승 곧바로 그녀의 진의를 간파하고 보기 좋게 딱 잘라 거절했지만, 그곳은 당세 수일의 기생, 여자의 일념은 바위도 뚫는다, 황진이는 가까스로 하룻밤을 묵는 데 성공했다.

그렇지만 선사는 주저앉아 오로지 독경에 여념이 없었다. 자는 체하였던 황진이가 선사의 거동여부를 엿볼 때 독경 목소리는,

"만약에 음욕 많아질 때는 항상 관세음보살을 공경하면 곧바로 이것에서 떠날 수 있다"는 보문품(普門品)18)의 일절!

---

18) 법화경(法華經)의 제25품에 해당하는데, 관세음보살이 중생의 온갖 재난을 구제하고 중생의 소원을 이루게 하고 세상을 교화하는 것을 설파하였다.

지족선사는 어떤 필요가 있어 이러한 경을 외웠는지, 이 목소리를 언뜻 들은 황진이는 빙긋하고 득의의 웃음을 띠었다.

× × × ×

당시의 모든 승려들은 지족선사의 파계를 망석(妄釋)이라고 비웃었다. 오늘날에도 묘월(卯月) 8일에 망석의 연극을 연출하는 것은 이것에 기원을 두고 있다. 이 춤은 선사가 유혹의 바람을 받아들인 이상의 사실을 무용화한 것이다. 생각하면 기생이 치는 북은 임제종(臨濟宗)의 북 치는 방식과 거의 동일하지 않은가.

검무(劒舞)

옛날 무인(武人) 모습의 기생 두 사람, 네 사람 또는 여섯 사람으로 춤추는 것인데 한국시대에는 민간에서는 네 명 이상 춤추는 것을 금지하였다.

춤 시작 무렵에는 맨손인데 나중에는 검을 양손에 들고 점차 운동이 활발해지며 기생의 춤 중에서 가장 활발한 춤이다. 춤추는 모습이 제비가 나는 모습과 닮아있는 점에서 이것을 연풍태(燕風態)라 칭하고 있다. 이 춤에는 노래는 들어가지 않는다.

원래 이 검무는 신라의 향악(鄕樂) 중에 있었던 것인데 항상 적대상태에 있었던 신라와 백제는 국민의 신경을 더욱 더 예민해지게 하고 있었다. 당시 겨우 8세였던 신라의 아동 황창랑(黃昌郎[19])은 깊이 기대하는 바가 있어서 적국인 백제의 도읍에 들어가 향락인 검무를 3일간 가로에서 춤추었다. 그런데 이것이 곧바로 호기심 강한 도읍에서 평판이 일어나 관람자는 매일 울타리를 친 듯 많이 사람들이 모이고 마침내 이 평판이 궁중에까지 들려 백제왕은 어느 날 하루 황창랑을 궁중에 불러들여 평판의 검무를 보시었다. 춤이 절정에 이르렀을 때 황창랑은 왕의 옆에 다가가는가 싶더니 곧바로 손에 든 검을 거꾸로 하여 왕을 찔러 죽이고 말았다. 후세에 이 충성을 흠모하여 신라 향악의 검무를 상상 창작하여 이것을 오늘날에 전했던 것이다.

봉래의(鳳來儀)

옛날 주나라의 무왕 때 봉황이 기산(岐山)에서 울고 나서 주나라의 왕업은 800년 긴 시간동안 계속되었다. 당시 이 상서로운 일에 기초하여 봉래의라는 춤을 창작하였다.

조선에서는 이조의 시조 태종 때에 육룡이 함경북도의 경흥에 날고 나서 이조의 왕업은 매년 번영하였다. 즉, 주나라의 봉황과 조선의 육룡은 그 상서로움에 있어 동일하다는 점에서 세종 때부터 봉래의라는 춤을 궁중의 연회에 자주 사용하게 되었다.

---

19) 무동(舞童)에 해당하는 인물. 춤에 뛰어나 신라왕에게 백제왕을 죽이겠다고 말하고, 백제에 들어가 궁중에서 검무(劍舞)를 추다가 백제왕을 죽인 뒤 붙잡혀 죽었다.

포구락(抛毬樂)[20] = 포국락(抛毱樂)

신라시대 해주의 이신(李愼)이라는 자가 어느 날 밤 수궁(水宮)에 들어가 궁녀들이 국희(鞠戱)를 행하고 있는 것을 꿈꾸었다. 그 후 송나라 산양(山陽) 사람 채순(蔡純)이라는 자가 이 꿈 이야기를 골자로 하여 포국무라는 춤을 만들었다. 당시 송나라의 교방(敎坊)에서는 왕성하게 이 춤을 연기하였다.

조선에서는 고려조 문종왕 때 교방[21]의 여제자인 초영(楚英)이라는 자가 송나라의 포국곡을 모방하여 포구락이라는 춤을 만들었다. 이 이래로 오늘날에 전해진 것이다.

장생보연지무(長生寶宴之舞)

이 춤은 고려조 중엽무렵부터 행해진 법무(法舞, 궁중에 사용된 춤)의 일종인데 이조 세조 때, 최치원이 만든 벽공청아국(碧空淸雅局, 악명)과 당나라부터 전해진 보허자(步虛子, 악명)를 취하여 아악을 편성하고 이 음악에 맞추어 춤추게 된 것이다.

고구려무(高句麗舞)

이 춤은 옛날 고구려 동명왕 시대에 창시된 것인데 당나라 시대

---

20) 송나라에서 전래한 당악정재(唐樂呈才)의 하나로서, 포구문(抛毬門)을 가운데에 놓고 편을 갈라 노래하고 춤추며 차례로 공을 던지는 놀이이다. 포구락은 고려 문종 27년(1073)에 교방(教坊) 여제자(女弟子) 초영(楚英) 등 13인이 새로 전해온 춤이다.

21) 고려시대와 조선시대 주로 기녀(妓女)들을 중심으로 하여 가무(歌舞)를 관장하였던 기관인데 여기서 속악(俗樂)과 당악(唐樂)을 주로 담당하였다.

에는 중국에서도 번성하게 행해진 것이다. 이조가 되어 순조(純祖) 왕의 세자가 스스로 고보(古譜)를 연구하여 이것을 제작하여 궁중의 연회에 사용한 것이다.

보생무(寶生舞)

이 춤은 이조 순조왕 세자가 당나라 시대에 행해진 채구(彩毬)[22]를 항아리에 던져 넣는 투호(投壺)라고 하는 유희를 모방하여 만든 것인데 그 이래 궁중의 연회에 사용되었다.

박접무(撲蝶舞)

이조 순조왕의 세자가 만든 것인데 당나라 시대 나비의 모양이 있는 양산모양의 것을 사용하는 박접산(撲蝶傘)이라는 춤을 모방한 것으로 궁중 연회에 사용되었다.

22) 채구는 나무를 깎아서 공처럼 만들고 그 나무공의 겉에 붉은 색칠을 한 것인데 당악정재 포구락(抛毬樂)에 쓰인 무구(舞具)의 하나이다.

/기생의 역사/

기생의 역사

신라시대의 창녀

기생의 기원은 아득한 신라시대에 있었던 것처럼 여러 종류의 안내서 등에 기록되어 있다. 이것은 삼국사기의 신라본기(新羅本紀)에 "제24대 진흥왕 37년 봄 비로소 원화(源花)를 받들다."라고 기록되어 있으며, 더욱이 "미모의 남자를 화장하여 화랑이라고 이름 붙여 드린다"라고 쓰여 있는 것으로 보아 원화는 지금의 기생이며 화랑은 지금의 미동(美童)이라고 할 수 있지만, 이를 가지고 곧바로 기생의 기원이라고 단정하는 것은 다소 경솔한 생각일 우려가 있다. 이것들은 단지 국왕에게 미녀 및 미남을 바쳤던 것이라고 해석하는 것이 타당하지 않을까. 그러나 노간집(老間集)이나 동국여지승람의 경주불우(慶州佛宇) 대목에 신라에서 유명한 학자 김유신이 어린 시절 매우 품행이 나빴던 것을 그 어머니가 강하게 나무라는 기사가 있다. 그것에 따르면 이 시대에 이미 창녀 및 음방(淫坊)이 있었던 사실이 명기되어 있다.

기생의 기원과 고려의 여악(女樂)

고려 태조가 삼한을 통일하자 백제의 유민 중 수척(水尺, 수척이란

어부, 뱃사공을 업으로 하는 자)[23]이 막강하여 제어하기 어려웠기 때문에 이를 각관(各官)에 예속시켜, 남자는 노(奴)라고 하고, 여자는 비(婢)로 만들어 비 중에서도 용모가 아름다운 자는 이를 기(妓)라고 하며 가무를 배우게 하였다. 이것이 고려 여악(女樂)의 시초이며 또한 기생의 기원이다.

교방(教坊)

중국류의 예악사어서수(禮樂射御書數)[24]가 궁중에 중시된 결과 여러 종류의 의식에 악(樂)이 사용된 것은 물론이며 남악(男樂) 외에 여악(女樂)을 두게 되었다. 당시 여악을 위해 가무를 가르치는 곳을 교방(教坊)이라고 칭했다. 교방의 사무는 이조시대에는 악원(樂院)에 속한 일도 있었지만 교방으로서 독립한 적도 있다. 지금의 파고다공원에 있었던 원각사는 이조 10대 연산군 때에 교방이라 하고 연상원(聯常院)이라고 칭한 적도 있었다. 어쨌든 병합 전까지 그 이름이 존재하고 있었던 것이다.

오늘날 평양에 있는 기생학교는 실로 옛날의 교방에 해당하는 것이다.

---

23) 후삼국에서 고려에 걸쳐 떠돌아다니면서 천업(賤業)에 종사하던 무리. 양수척(楊水尺)·화척(禾尺)·무자리라고도 불렀다.

24) 육예(六藝)에 해당. 예절, 음악, 활쏘기, 말타기, 글쓰기, 셈하기를 가리키는데 이는 유학 교육의 근간을 이루기도 하였다.

평양의 기생학교

옛날의 교방에 해당하는 지금의 평양기생학교의 존재를 세상 사람들은 경이의 눈으로 바라보고 있지만 그곳은 문자 그대로 당당한 학교이다. 현재는 3학급 조직으로 수업연한은 3년, 수신(修身), 국어, 시문, 도화(圖畵), 무용이 필수과목이며 단지 조선의 가무뿐만 아니라 내지(內地)의 노래며 양악(洋樂)까지 가르치고 있다.

이야기는 처음으로 되돌아가는데 교방을 두고 가무를 배우게 한 것까지는 좋았지만 그 폐도 점차 깊어져 고려 8대 현종(顯宗) 때에는 교방의 폐지를 명령하였다. 그러나 사실은 좀처럼 폐절(廢絶)하지 않았던 것으로 보이며 제11대 문종 때에는 교방의 여제자를 연등회에 초대한 기록이 있으며 24대인 충렬왕은 각 주군(州郡)의 기(妓)를 선발하여 교방의 충실을 도모한 사실이 고려사에 보인다. 이것에 따르면 기생은 고려조의 초기에 시작되어 고려조 시대에 상당한 발달을 거두고 그 제도는 이조에 계승되어 오늘날에 이른 것이다.

이조의 기생

이조에서는 고려조의 제도를 모방하여 궁중에 기(妓)를 두고 여악으로 삼고 여러 종류의 연회에 이용하였다. 그리고 그들 기는 각 군(郡)으로부터 선발하여 궁중의 악원(樂院)에 예속시키고 가무를 연습시킨 것이다.

그런데 여악의 폐가 점차 퍼지게 됨에 따라 때로는 남악(男樂)을 가지고 여악을 대신한 적이 있고 때로는 폐기(廢妓)의 대논의가 궁중의 대관들 사이에 일어난 일도 있었지만 이론과 실제는 반드시 병행되지 않았고 실제로는 궁중에도 지방청에도 기생은 여전히 존재하고 있었던 것이다.

그러나 이조시대에는 때때로 폐지론이 대두할 정도였기 때문에 기(妓)를 둘 때에도 관료식으로 표면의 이유는 당당하게 열거되었다. 즉 부인의 의무(醫務)에 종사하는 자를 의녀라 칭하고 재봉 사무를 담당하는 자를 침비(針婢)라 이름 짓고 각각 기(妓)를 겸무시켰다. 따라서 의녀를 약방 기생, 침비를 상방(尙房) 기생이라 칭하고 기생 사회에서는 이들을 제일류로 여기고 있었다.

또한 변군(邊郡)에 기생을 두기로 한 것은 후미진 진지(陣地)의 장사들을 위안한다는 것이 표면의 이유이며 또한 각 군(郡)에 기생을 두기에 이른 것은 명나라 사신, 청나라 사신, 때때로는 왜나라 사신의 접대라는 것을 명목으로 하여 점차 전 조선 각 부군(府郡)에 보급한 것이다. 이렇게 하여 궁중의 제대신이 기(妓)를 궁문(宮門)의 대로에 데리고 가서 태평의 기상을 자랑하고, 공학(攻學)의 유생이 문묘(文廟)[25]의 재사(齋舍)[26]에 이들을 동반하여 풍류 운사(韻事)라고 이해하기에 이르러 기생은 실로 전성의 극에 달해 관기 외에 저자거리에도 기생의 수는 점차 증가하게 되었다. 이들은 오로지 경성뿐만 아니라 평양, 송도, 안동, 진주, 선천, 함흥, 영흥, 강릉, 제주, 의주, 북청, 해주, 안악, 부안, 강계, 나주, 남원, 괴산, 양덕 등 지방에서도 후세까지 교명(嬌名)을 구가하는 명기가 배출되기에 이르렀다.

25) 유교를 집대성한 공자(孔子)나 유학과 관련되어 있는 여러 성현들의 위패를 모시고 제사를 드리는 사당.

26) 성균관(成均館), 사학(四學), 향교(鄕校)의 유생들이 기숙하면서 공부하던 방(房).

/조선의 유녀/

조선의 유녀(遊女)

갈보(蝎甫)의 뜻=조선에서는 유녀를 총칭하여 '갈보'라 하고 있다. 갈(蝎)이 사람 피를 빨아 사람을 괴롭히는 데에서 생긴 말이라는 것은 두말할 필요도 없다. 내지인이 자칫하면 갈보라고 하면 하등한 매소부(賣笑婦)의 고유명사인 듯이 이해하고 있음은 들어맞지 않는다.

조선에서 유녀의 종류에는 기생, 은군자(隱君子, 은근자<殷勤子>), 탑앙모리(搭仰謀利), 공창(公娼), 화랑유녀(花郎遊女), 여사당패(女社堂牌), 색주가(色酒家) 등이 있고 한국시대에는 경성의 유녀를 세 계급으로 나누어 일패(一牌, 기생), 이패(은군자), 삼패(탑앙모리)라고 칭하고 있었던 것이다.

조선유녀의 종류

기생=일패=기생은 각 군의 관기를 선발하여 궁중에 채용하고 가무를 가르쳐 여악(여자 악인<樂人>)으로 이용했지만 사회의 변천에 수반하여 관청의 연회, 사회의 교제에 빠뜨릴 수 없는 것으로 되어 양가의 부녀도 교방에 들어가 가무를 배우고 관청에 봉공하는 자가 생기고, 또한 집에서 손님을 대접하게 되었던 것이다.

관청의 기생은 관기라 칭하고 이른바 일종의 관리이며 저자거리의 기생도 이 관기를 표준으로 하여 각각의 기예의 수양을 거쳤기 때문에 그녀들의 기품은 매우 높다. 지난 해 진남포에서 차부가 실례가 되는 말을 한 것이 기생의 격노를 사서 마침내 인력거의 불승동맹이 이루어져 세계 노동쟁의사상 전대미문의 기록을 남긴 일이 있다.

기생은 단지 기품이 높을 뿐만 아니라 조선의 습관으로서 너무 음란한 말은 입에 담지 않게 되어 있기 때문에 내지인이 주석(酒席)이라고 하더라도 예기(藝妓)를 대하는 듯한 노골적인 말을 던지는 데 대해 그녀들은 내심으로 매우 분개하고 있다. 예기는 보통 사미센(三味線)과 노래와 춤을 배우지만 기생이 사용하는 악기는 장고뿐이기 때문에 가무만 할 수 있으면 충분하다. 거기에 시문(詩文), 서화(書畵)를 할 수 있으면 가장 뛰어난 자라고 여겨졌는데 최근에는 다소 용모가 뛰어나고 잡가 중 하나라도 노래할 수 있으면 곧바로 기생이라 칭하고 객석을 시중들게 되었다. 현재 경성의 기생 중, 기생으로서의 예도(藝道)에 달한 자는 겨우 150명 정도이다. 단지 그들의 예도상 감안해야 할 점은 조선에 있는 내지인 예기는 조선의 예도에 무관심임에도 불구하고 그녀들은 일본 국어를 배우고 내지의 노래 두 세 개 정도를 익히지 않으면 일류 기생이 되어 인기 있는 자가 될 수 없는 사정에 있는 것이다.

기생의 권번(券番)[27]과 포주집=원래 기생 사회에는 권번이라는 제도도 없고 또한 포주집 또는 '숙소'의 제도도 없다. 기생은 모두

한 가구주가 되어 자택에 있는 자이다. 자택에서는 어머니 또는 여동생 등과 동거하고 있다. 대개 사용인을 두고 손님이 있으면 자택으로 안내한다. 아니 손님 쪽에서 신용이 있고 확실한 사람의 소개에 의해 미리 시간을 통지해 두고 방문하는 것이 원칙이고 요정이나 여관 등에서 경찰의 신세를 질 것 같은 자는 모두 돈만 보면 상대를 가리지 않고 정을 통하는 기생이다. 권번 제도는 지금부터 10여 년 전에 백작 송승준(宋秉峻)의 종용으로 내지의 제도를 그대로 받아들인 것이지만 오늘날은 무의(舞衣)나 악기를 준비할 뿐만 아니라 기생의 전차 자금까지 조달하는 데까지 진전하였다.

은군자=**은근자**=**이패**=은군자는 내지의 이른바 고등 내시(內侍)와 언뜻 보아 비슷하나 다른 것이다. 한국시대에는 이패라고 칭하고 있었다. 대다수는 기생출신인데 그 경로는 기생보다 첩으로, 첩보다 은군자로 하는 자가 많다. 근래 도회열에 들떠 경성에 온 여학생 중 학비 관계며, 타락하여 이 사회에 빠진 자도 적지 않다. 조선의 기생 사교계는 내지의 예기 사교계와 달라 25,6세 이상인 자는 거의 기생으로서 존재를 허락하지 않는다. 따라서 한번 낙적되어 첩이 되고 첩의 관계가 끊어졌을 때 상기와 같은 연령 관계에서 재차 기생으로 나오는 것이 불가능한 것이다. 이것이 은군자가 발생한 사정이다. 자연 은군자는 공인되지 않은 기생의 노기(老妓)라

---

27) 기생의 주선이나 화대의 계산, 그 밖에 감독을 하는 사무소.

고 생각하면 대개 틀림이 없다. 그리고 신용 있는 사람의 소개가 없으면 절대 손님을 접대하지 않는 부분에 은군자가 은군자인 까닭이 있다.

탑앙모리=삼패=탑앙모리는 다이쇼(大正) 게이샤 또는 쇼와(昭和) 게이샤라고도 할 수 있는 자인데 기생도 아니고 보통의 매소부도 아닌 일종의 유녀이며 한국시대에는 삼패라 하고 삼패가 있는 집을 상화실(賞花室)이라고 칭하였다. 광무(光武) 연간에 당시의 경무사(警務使)가 경성 남부 시동(詩洞, 지금의 수표초<水標町>)을 삼패의 거주 구역으로 정했지만 병합후 신창(新彰)조합을 설립하여 이들 삼패도 기생이라고 칭하게 되어 삼패라는 이름은 영구히 없어져 버렸다.

공창=한국시대에는 공창제도는 없었다. 병합후 내지처럼 공창제도가 인정되어 현재 경성에서는 신마치(新町) 유곽의 일부, 나미키초(並木町), 시켄초(四軒町), 용산 모모야마(桃山) 유곽 부근의 오시마초(大島町) 부근에 집을 짓고 매독검사를 받고 영업하고 있다. 조선인은 창기 또는 창녀라 부르고, 내지인은 보통 갈보라 칭하고 있다. 갈보의 뜻은 전술한 대로 유녀의 총칭이며 이들 여성을 갈보라고 하는 것은 맞지 않다. 조선의 시골에는 술집과 숙박을 겸한 집으로 '주막'이라는 것이 있다. 주막에서 손님의 급사(給仕)를 하고 매소(賣笑) 행위 하는 자를 지방에 따라서는 조선인 사이에서도 갈보라고 칭하는 일이 있다. 그러나 이것은 공창이 아니다. 조선의 시골에서 유곽이 없는 지역의 요리점 등에서 매독 검사 제도를 받는 여성들이 있다. 이들을 규칙에서는 작부라고 칭하고 있지만 창기와 하등 다른 바는 없다.

화랑유녀=화랑유녀는 이조 성종 3년 경기도 양성군(陽成郡)에 처음으로 생긴 매소부인데, 그 후 전 도(道)에 널리 퍼져 유녀라고 하거나 또는 화랑이라고 칭했다. 일시 관헌의 엄한 단속이 있어서 양가의 여자도 남승 및 여승도 금령을 어기는 자는 모두 죄 일등 가해 이들을 노비로 삼았기 때문에 이 역사적인 화랑유녀는 자취를 감추었지만 밀매음은 결코 절멸하지 않았다. 오늘날에는 이런 종류의 여자를 갈보 또는 밀갈이라고 칭하고 있다.

화랑유녀=고려조 숙종9년 모든 주현(州縣)에 명하여 미곡을 지급하고 주식점(酒食店)을 개업하도록 하였다. 이것이 술집업의 시작이다. 색주가란 여자를 이용하여 술을 판매하는 가게를 가리키는 것이지만 그 술집에 있는 작부를 의미하게 되었다.

숙종시대에 주식점은 창시되었지만 고려조에서도 이조에서도 무역의 자금으로서 돈을 사용한 시대가 적었기 때문에 보통 여행 때처럼 미맥(米麥)을 지참하여 주식점에 다니는 것도 가능하지 않아 자연히 술집은 그다지 발달을 보지 못했지만 이조의 효종 이후 돈을 사용하게 되어 술집도 발달하고 여자를 두고 손님을 맞이하게 되었다.

조선의 시골에서는 대부분 술집과 숙박을 겸하고 있다. 이를 주막이라 하고 경성에서는 선술집(보통 작부가 없는 술집)과 색주가(작부를 두고 있는 술집) 두 종류가 있으며 숙박 요리점은 이들과 하등 관계없이 완전히 별개의 것이다.

조선의 주점은 술값을 받지만 술안주 값은 받지 않는다. 색주가의 여자는 내지의 음식점, 소요리점의 작부에 해당하지만 그 매소행위는 관헌은 물론 점주도 이를 인정하고 있지 않다. 또한 여자 자신도 매음은 하지 않는다. 따라서 얼마라고 하는 듯한 거래가 행해진다면 색주가가 아니라 그것은 갈보이며 밀갈이다. 그들은 매음은 하지 않지만 누구라도 정의(情意) 투합을 한다. 더구나 이것을 매음이 아니라고 하는 것은 내지(內地)인으로서는 조금도 이해할 수 없다. 조선특유의 사교계 습관이다.

여사당패=사당패라고 하는 말은 원래 불교신자의 단체명이다. 패(牌)는 조(組) 또는 단(團)의 의미로 사용되고 있기 때문에 여사당패라고 하면 여인단체라는 의미인데 여인단체가 유녀의 부에 들어간다는 것은 원래 어떠한 이유인 것인가?

사당의 기원은 지금의 경성 파고다공원에 있었던 원각사를 중심으로 하는 선남선녀의 단체이며 남자를 사장(社長)이라 칭하고 여자를 사당(社堂)이라고 칭해 당집을 지어 각각 염불에 전념하고 있었다. 그런데 이들 무식자인 남녀가 일단을 조직하여 여러 절을 유행(遊行)하여 여자는 승려와 관계하며 생활자료를 얻게 되어 이것이 점차 발전하여 각지역으로 돌아다니게 되었다. 결국에는 속가를 부르고 대수롭지 않은 요술과 춤에 유사한 것을 하여 관중의 투전(投錢)을 기다리고 밤에는 베개를 권하여 화채(花債)를 얻게 되었다. 화채란 해의채(解衣債)라고도 하는데 일본어의 화대에 해당함은 말할 필요도 없다.

그녀들은 노래를 부르고 연기를 할 때 관중이 돈을 입에 물고 있으면 여사당패는 입을 가지고 이것을 받았다. 이것이 그녀들의 입맞춤법이었던 것이다.

속세에 전해지고 있는 여사당패의 기원은 경기도 안성군의 청룡사(靑龍寺)가 그 본원지이며 절의 노비라고 일컬어지고 있다. 이조시대 여사당의 폐를 보고 자주 이를 탄압하는 일도 있었지만 현재는 거의 없어져 버렸다. 그러나 단지 지금도 지방 순회 극단의 일단에는 이 여사당패의 그림자가 남아 있다.

여사당패 자탄가(自嘆歌)

내 양손은 대문의 손잡이, 갑도 쥐더니 을도 잡는다.
내 입은 술잔인가, 갑도 핥더니 을도 핥는다.
내 배는 나룻배, 갑도 타더니 을도 탄다.

/국경가락(國境節)/

국경경비의 노래(國境警備の歌)

조선산업의 노래(朝鮮産業の歌)

수산의 전남(水産の全南)

대전가락(大田節)

평남 산업의 노래(平南産業の歌)

평북의 노래(平北の歌)

국경경비의 노래(國境警備の歌)

1. 여기는 조선 북단의
   이백리 여의 압록강
   건너가면 광막한 남만주

2. 극한(極寒) 영하 삼십여도
   묘월(卯月)[28] 중순에도 눈이 사라지지 않는다.
   여름에는 물이 끓는 백여도

3. 근무하는 우리 동포들이
   평온한 꿈조차 꿀 수 없는
   경비의 쓰라린 고생 누가 알겠느냐.

4. 강을 건너 습격해 오는
   불령(不逞)한 패거리의 기습에
   아내도 총을 들고 응전한다.

---

28) 음력 4월의 이명(異名)인데 병꽃나무에서 꽃이 피는 달이라는 뜻이다.

5. 호랑이는 죽어서도 가죽을 남기고

사람은 죽어서도 이름을 남긴다.

조선 통치의 그것을 위해

조선산업의 노래(朝鮮産業の歌)

1. 관부(關釜)연락선[29] 여덟 시간
 당도하니 조선 하늘이 맑아지고
 기름진 평야가 이어지는 십삼도(十三道)

2. 쌀에 콩에 명태
 검은 석탄 하얀 솜
 황백(黃白)이 섞인 누에고치의 산

3. 압록강과 두만강
 따라서 삼림 수백리
 흘러가는 뗏목 수를 알 수가 없다.

4. 봄은 벚꽃이 피는 목단대
 가을은 단풍이 든 금강산
 꽃 같은 기생 누구를 기다리는가.

29) 1905년 처음으로 산요기선(山陽汽船)에 의해 개설된 일본 시모노세키(下關)와 부산 사이를 운항하고 있었던 철도 연락선인데, 일본 패전 때까지 운항되었다.

5. 산하에 가득 찬 대부원(大富源)

개척하라, 자신을 위해 나라를 위해

노력하라, 동포 이천만

크리스털의 노래(クリスタルの歌)

1. 취하게 하여 들은 건 그 옛날
   취해서 고생시키는군요. 당신
   제가 나쁜지 주인이 좋은지.

2. 술에서 깨어났다면 물을 드시게.
   물은 싫다면 어떤 물.
   조선 약수 크리스털

3. 프랑스 비쉬 평야 수(水)
   도저히 미치지 못하는 크리스털
   기력의 힘도 더해진다고 한다.

4. 자 드세요 크리스털
   천연 탄산 크리스털
   그리고 건강하게 일하세요.

수산의 전남(水産の全南)

1. 여기는 옛날 고려의
그 이름도 높은 해양도(海陽道)[30]
별처럼 이어지는 다도해(多島海)

2. 섬은 일천칠백여 개
해안선도 매우 길어
연장 사천백 마일

3. 조류 한난(寒暖) 때를 만나
하늘의 은총도 매우 깊고
어조(魚藻)의 보고라고 일컬어진다.

4. 중요 수족(水族) 팔십여종
연산(年産) 이제 곧 이천만엔
고기잡이를 하는 어부들의 용맹스러움

---

30) 고려시대 성종 때 당나라의 10도를 본받아 995년에 지리적인 여건을 고려하여 10도를 제정할 때 설치된 행정단위의 하나로서, 전라남도 나주, 광주, 영광, 순천, 보성, 담양, 영암 지역을 통칭하는 행정구역.

5. 실로 조선의 대보고
자 어서 오거라 다함께
열려라, 전남 바다의 곳간

대전가락(大田節)

1. 경부 철도 개통과
더불어 개발된 신도회지
그 이름도 그레이트 대전시(大田市)

2. 호남 비옥한 들판에 철도가
연장하여 가듯이 발전하여
이에 성상(星霜) 이십오년

3. 이미 인구 이만여명
관아(官衙), 군대, 중학교
테니스로 명성 높은 여고(女高)

4. 제사(製絲)공장이며 건견소(乾繭所)
구름 사이로 우뚝 솟은 굴뚝은
누에고치 대전을 이야기 해준다.

5. 각별히 명성 높은 촉성(促成)의
채소는 전조선 각 도시에

실어 보내는 그 숫자 이만 상자

6. 이리(里)도 떨어지지 않은 유성에는
라듐 영천(靈泉) 명성도 높아
전조선 인사(人士)의 휴양지

7. 봄은 벚꽃이 피는 용두(龍頭)공원
보문(寶文)산의 여름 달
가을은 단풍이 진 계룡산

8. 정말로 좋은 곳 대전은
살면 살수록 좋은 도시
전조선 제일의 건강 도시

평북의 노래(平北の歌)

1. 여기는 조선 평안북도
　　면적 일천 구백 방리(方里)
　　　개척하기에 벅찬 대부원(大富源)

2. 동양 제일의 대철교
　　가설한 도시가 바로 신의주
　　　신흥의 기개야말로 넘쳐 흘렀다.

3. 눈으로 빛나는 백두산
　　꾸불꾸불하게 이어지는 수백리
　　　금 은 흑연 무진장

4. 물결이 끊이지 않는 압록강
　　물도 풍부하게 이백여리
　　　흘러가는 뗏목 숫자 알 수가 없다.

5. 오풍십우(五風十雨) 덕분에
　　비옥한 들판은 드넓은 구만정(町)[31)]

가을은 황금물결로 굽이친다.

6. 오라, 국경 하늘 개이고
　　흐르는 물은 매우 맑고
　　　백성의 마음도 평온해졌다.

31) 토지면적의 단위인데 1정(町)은 10단(段)이고, 이는 다시 3000보(步)에 해당한다. 1정은 약 99.18아르에 해당한다.

평남 산업의 노래(平南産業の歌)

1. 여기는 서(西)조선 평양부(府)
하늘에 우뚝 솟은 굴뚝은
공업 도시의 자랑이다.

2. 인구 이미 십여만
조선 제이의 대도회지
오랜 역사와 맑은 물

3. 이천(二千)의 옛날을 그리워하는
낙랑 고분에 지금도 여전히
문화의 자취를 꿈꾸는도다.

4. 바람이 쏴쏴하고 부는 목단대
우리 일본의 대장부가
공훈을 남겨놓은 현무문(玄武門)32)

32) 평양시 금수산에 있는 고구려시대의 성문. 평양성 북성(北城)의 북문으로 모란봉(牧丹峰)과 을밀대(乙密臺) 사이에 있는데, 1714년에 중건되었다.

5. 시세(時勢)는 변하여 지금은 벌써
산업 도시로 바뀌고
경영하는 생산(生産) 그 수를 알 수 없다.

6. 그 중에서도 매장 육억톤
동양 제일이라는 이름에 따라
널리 알려져 있는 무연탄

7. 눈이라고 착각할 첨채당(甛菜糖)
기생이 추는 춤의 소맷자락에도
그것이라고 알 수 있는 항라직(亢羅織)

8. 통통하게 익어가는 평양 밤
사과의 본고장은 진남포
소는 동양에서도 명성이 드높다.

9. 시멘트 철이며 쇠주물(鑄物)
천산물(天産物)의 풍부함은
구하여 끊이지 않는 대보고

10. 대동강의 수운과
지리(地利)와 인화(人和)의 도움을 받아
개척하라, 이 자원과 이 보물을

평남의 노래(平南の歌)

1. 낙랑문화의 꽃이 피어
몇 천 성상(星霜) 해를 경과한
신비의 대하(大河) 대동강

2. 맑은 물결에 바라보는 것은
모습이 씩씩하고 명미(明媚)한
솔나무와 벚꽃의 목단대

3. 신록 속에 우뚝 솟은
을미대의 시원한 바람에
내려다보는 절경 여름을 잊다.

4. 아아, 달이 청명하고 바람이 맑은
우미한 도읍지 평양에
노래하는 아름다운 여인 기생을

5. 하늘에는 비행기가 용맹스럽고
서쪽은 양항(良港) 진남포

동쪽은 사동(寺洞)의 무연탄

6. 이 아름다운 지상에
신진(新進) 평남 산업의
젊은 생명은 성장해 간다.

조선 명물 및 일본 명물(朝鮮名物及日本名物)

1. 조선 명물 노-에[33] 조선 인삼 노-에
엿 사리 호랑이사냥 온돌 기생
노래는 아리랑 담바구야

×

1. 산은 금강산 노-에 강은 대동강 노-에
뗏목 띄우기로 이름 높은 큰 강은
지나(支那)와 경계인 압록강

×

1. 일본 명물 노-에 일본 매실 장아찌 노-에
김 초밥 자루소바[34] 게이샤(芸者)에 다타미
노래는 이소가락 나팔가락(喇叭節)[35]

×

1. 산은 후지산(富士山) 노-에 강은 도네가와(利根川)[36] 노-에

---

33) 노에가락(ノーエ節)은 시즈오카현(静岡縣) 미시마시(三島市)에서 화류계의 술자리에서 노래되어 전국적으로 알려진 민요인데 노에(ノーエ)라고 하는 맞춤소리에서 유래하고 있다.

34) 네모진 어레미나 대발에 담은 메밀국수.

35) 메이지시대의 유행가로서 나팔의 소리를 흉내내어 '도코톳톳토'라는 메김 소리가 들어간다.

36) 일본 간토(關東)지방을 북서에서 남동으로 관통하는 일본 최대의 대하천. 군마현

부처는 나라(奈良)의 대불(大佛) 이름 높은

폭포는 닛코(日光)의 게곤타키(華嚴瀧)37)

(群馬縣) 북부에서 시작하여 치바현(千葉縣) 북동단에서 태평양으로 흐른다.

37) 도치기현(栃木縣) 닛코시(日光市)에 있는 폭포로서 메이지시대부터 자살의 명소로 유명.

평양명물가락(平壤名物節)

1. 평양 좋은 곳 노-에- 명소가 많아서 노-에-
사계절의 사이사이 전망은 조선 유일.

2. 인구 십만 노-에- 공업 번성해서 노-에-
가능한 사이사이 산물(産物) 수없이 있나이다.

3. 검은 석탄 노-에- 하얀 설탕에 노-에-
시멘트 제분 철공 주물에 슬레이트 가공품

4. 견직 풍부하고 노-에- 그 이름도 높은데 노-에-
덕천(德川) 항라(亢羅)에 성천(成川) 명주(明紬)에 칠색 관사(官紗)

5. 식료품으로는 노-에- 평양 소고기 노-에-
불고기 통조림 평양 밤에다 남포의 사과

6. 쌀은 우량이고 노-에- 만드는 술은 노-에-
긴치요기쿠마쓰무쓰게쓰(金千代喜久松睦月) 일만여석

/압록강가락(鴨綠江節)/

압록강가락(鴨綠江節)

1. 조선과 요이쇼 지나 경계의 압록강
   흐르는 뗏목은 아라 좋지만 요이쇼
   눈이며 얼음에 요 갇혀 요 내일은 마타
   신의주에 당도하기 어렵다 쵸이쵸이

×

1. 조선과 요이쇼 지나 경계의 압록강
   가설한 철교는 아라 동양 제일 요이쇼
   십자로 열면 요 아라 진범편범(眞帆片帆)[38] 요
   엇갈리는 마타 정크의 북적임 쵸이쵸이

38) 돛을 가득히 펴서 순풍으로 달리는 것이 진범(眞帆)이고 돛을 반 정도 펴서 옆바람을 받고 달리는 것이 편범(片帆).

×

1. 조선에서 요이쇼 가장 높은 것은 백두산
   봉우리의 백설 아라 녹더라도 요이쇼
   녹지 않는구나, 아라 내 마음이여
   밤마다 마타 너의 꿈 뿐 쵸이쵸이

×

1. 장백산에서 요이쇼 속세를 떠나 자란 나
   지금은 잘려져 아라 뗏목 배 요이쇼
   강물이 깊은 곳에 표류하다 요 아라 여울에 시달려 요
   흘러 마타 흘러 압록강 쵸이쵸이

×

1. 오로지 바라보면 요이쇼 어떤 근심도 없는 뗏목 배
   한쪽에 작은 난간 아라 파도 위 요이쇼
   앞뒤 둘러보고 요 아라 키를 잡는다 요

조금 마타 방심하면 바위 귀퉁이 쵸이쵸이

×

1. 이카다가락(筏節) 요이쇼 노래하면서 여울목을 넘어가면
계곡의 휘파람새 아라 함께 가서 운다 요이쇼
뗏목은 활처럼 요 내려올수록 요
그리운 마타 신의주에 가까워진다 쵸이쵸이

×

1. 새라면 요이쇼 날아갔을텐데 저 집의 지붕에
나무 열매 새 열매 아라 먹어서라도 요이쇼
애태우며 우는 소리 요 아라 들려준다면 요
설마 마타 내버리지는 않겠지 쵸이쵸이

×

1. 신세대(新世帶) 요이쇼 익숙하지 않은 부뚜막에서 사정을 알 수 없다
나무라지 말고 가르쳐 아라 주어요 요이쇼
기생 퇴물이라고 아라 알면서도 요
정말로 마타 당신은 무자비한 사람 쵸이쵸이

×

1. 경성에서 요이쇼 봄의 경치는 장충단
여름은 한강의 아라 납량을 위한 뱃놀이 요이쇼
가을은 남산의 아라 단풍놀이 요
겨울은 마타 북한산의 눈 경치 쵸이쵸이

×

1. 조선어 요이쇼 모시모시 여보 여보 당신은 아나타
아바지 어머니는 아라 치치와 하하 요이쇼
기생 게이샤이고 총각은 고도모 요
이야나 마타 오캬쿠는 안된 소님 쵸이쵸이

×

아리야랑의 장고 소리에 배는 간다 노래하는 꽃과 같은 기생이여
도도이쓰(都々逸)「나다(灘)의 명주39)는 옛날 일이고 이제는 평양에서 나는 순곡 청주」올려다보는 청류정(淸流亭)의 달 맑게 돌아간다 마타 능라도의 수양버들 쵸이쵸이

×

신세대, 연탄 아궁이로 지은 밥
남편의 말「이봐 오늘밤 밤밥 아주 맛있어」
아내의 말「쌀은 평남 쌀에 평양 밤을 넣었어요.」
반찬은 전골이야 평양 고기야 식후에는 마타 맛있는 남포 사과 쵸이쵸이

39) 효고현(兵庫縣) 나다(灘) 지방에서 나는 고급 청주(淸酒).

○ 보도록 하자 국경 평북 명물 명소
금에 목재 쌀에 소
옛 전장 찾으면 통군정(統軍亭)
철교 건너면 남만주

○ 구름을 찌르는 평안북도의 삼림은
조선 제일의 대보고
흘러가는 뗏목은 아리나래[40]의
풍정을 더하는 그림 두루마리

40) 압록강의 방언.

전남의 김(全南の海苔)

1. 상쾌하게 요이쇼 날이 밝아오는 조선 남단의
   여기는 동양에서 널리 알려진 요이쇼
   전남 김의 요 명산지 요
   연생산 마타 삼억여장 쵸이쵸이

1. 전남에서 요이쇼 김의 주산지는
   완도에 고흥 장흥 강진 해남 광양
   세워놓은 김 어살 요 끝 없고 요
   김 따는 마타 처녀들의 북적거림 쵸이쵸이

1. 조선의 요이쇼 저는 김 향미가 좋고
   표면의 검은 빛도 타고 나고 요이쇼
   아침이나 저녁 밥에 요 곁들여 요
   언제까지나 특별히 돌봐주세요 쵸이쵸이

금강산(金剛山, 사계)

봄

금강산 요이쇼 봉우리의 백설 오늘 녹기 시작하여
맑아서 기쁜 아라 봄 하늘 요이쇼
골짜기에 향기가 나는 요 목련도 요
때를 마타 만나 의기양양하게 어우러져 피었다 쵸이쵸이

여름

금강산 요이쇼 여름은 산골짜기 마다 폭포 물보라치고
엉겁결에 젖는 아라 여행 옷차림 요이쇼

마를 틈도 없는 요 녹음의 요
낭떠러지에 마타 미소짓는 백합 꽃 쵸이쵸이

가을

연이은 산들 요이쇼 이어지는 골짜기가 펼쳐지는 금강산
둘러싼 단풍도 요 다홍색으로 요이쇼
오가는 사람들의 요 얼굴마저도 요
가을은 마타 한층 더 색이 짙어진다 쵸이쵸이

겨울

겨울이 오면 요이쇼 새하얗게 치장하는
금강의 봉우리를 방문한다 아라 사람도 없는 요이쇼
온천지 숙소에 요 느긋하게 요
울러퍼지는 마타 신계사(神溪寺)의 해질 녘 종소리 쵸이쵸이

두만강가락(豆滿江節, 압록강가락과 동보〈同譜〉)

1. 작별해 와서 살아보니 함북(咸北) 살기 좋은 곳 빨리 불러오죠 아라 이 가을은 요이쇼 두 사람 손에 손을 요 맞잡고 주을(朱乙)[41]의 마타 온천에 단풍놀이 쵸이쵸이

2. 함북의 파도치는 물가는 물고기 산더미 뭍에는 석탄 아라 원시림 요이쇼 성대(聖代)의 번영을 요 축복하고 요 황금 마타 떠도는 벼의 물결 쵸이쵸이

3. 두만강 흐르는 뗏목은 좋지만 눈이며 얼음에 아라 갇혀 요이쇼

"이봐 그건 옛날 이야기야. 지금은 함북선이 모두 개통하여 경성에서 단지 20여 시간이야. 가서 보라. 산에는 태고의 대삼림, 바다에는 어류의 대풍어. 특히 석탄은 무진장이다."

길은 열렸다 요 아라 밤은 밝아왔어 오라 마타 내 친구 함북에 쵸이쵸이

41) 함경북도 경성군 주을읍에 있는 온천 지대.

대구 명물(신라춤)

▽ 애초 정말이지 대구는 아득한 옛날 신대(神代)부터 더욱 더 번창하는 지역이기에 찾아오는 사람의 수
보는 눈도 좋다고 바라보는 건 옛날 관문이라는 이름에 어울리는, 달성공원 봄은 꽃, 가을은 단풍 빛깔 선명하여 재미있는 여로(旅路)구나. 신라의 자취를 방문하고 싶구나.

▽ 가지도 소리 내지 않는 계림(鷄林)42) 수풀에 나란히 늘어서 있는 왕릉이며 첨성대 그림자가 비친다. 안압지에 물이 맑고 석굴암의 부처님 오래된 도읍지 그립구나. 지금은 평원(平原) 열리고 오풍십우(五風十雨)43)로 쌀이 익고 맛있는 사과도 열매를 맺는다. 농산물 모이는 대도회 상공(商工) 날마다 번영하고 기와지붕 매년 그 수를 늘린다. 지리(地利) 인화(人和) 아울러 가질 수 있어서 남조선 제일로 활기차다. 아아, 기쁘구나.

---

42) 경상북도 경주시 교동(校洞)의 첨성대(瞻星臺)와 반월성(半月城) 사이에 있는 숲인데 김알지의 탄생 설화가 담겨 있는 곳이다. 신라나 경주의 이칭(異稱)으로도 사용되었다.

43) 농사에 알맞은 기후를 가리키나 세상이 평화로움을 비유하기도 한다.

▽ 새도 지나지 않는 현해(玄海)를 한잠 꿈꾸는 사이에 건넜더니 이곳도 태양의 은혜도 깊고 민초(民草)가 번창한다. 차별 없이 천황의 치세를 축복하라. 다 같이 번성하는 성대(聖代)야말로 경사스럽다.

전남행진곡
(全南行進曲, 도톤보리44)〈道頓堀〉 행진보로)

(1)

1. 라라라라 라라라라— 전라남도
산은 푸르고 들은 드넓고
어찌 전남 잊을 수 있을까.

2. 밭의 면화는 일본 제일
바다의 김도 일본 제일
어찌 전남 잊을 수 있을까.

3. 붉은 동백나무에 파란 대나무
하얀 쌀 누에코치 조선 제일
어찌 전남 잊을 수 있을까.

---

44) 일본 오사카(大阪)시 중앙구에 있는 번화가 일대를 가리키나 그곳의 북쪽을 흐르는 도톤보리강의 약칭으로 사용되고 있다.

(2)

4. 길은 이천리 막힘이 없이
철도 항로는 이천 마일
어찌 전남 잊을 수 있을까.

5. 초등학교 이백 칠십
중등학교가 십에 칠
어찌 전남 잊을 수 있을까.

6. 남녀 합하여 이백 이십만
전 일본에서 여덟 번째
어찌 전남 잊을 수 있을까.

부산가락(釜山節, 가사)

1. 부산은 말야

부산은 좋은 곳 현해탄 넘어

건너는 제비가 처음으로 묵는 곳.

데바, 스이토스이

2. 부산은 말야

부산은 좋은 곳 세계 여행의

배와 기차의 연결을 잇는다.

데바, 스이토스이

3. 배는 말야

배는 나가는 현해탄 가리키며

내지 귀향이 반갑구나

데바, 스이토스이

도도이쓰(都々逸)45)

물은 풍부하고 함경남도 평야 백만 석의 쌀의 고장

함경남도 보고(寶庫)의 저 산지(山地)에 숲 속에 동량의 목재가 이억 석(石)

무늬는 유젠(友仙)염색,[46] 옷감은 함경남도 누에고치로 실을 뽑은 화려하게 차려입은 모습

금빛물결 은빛물결에 정어리가 춤추는 해변은 함경남도 대어(大漁) 깃발

산에는 수력발전 해변에는 질소(窒素) 함경남도 자랑의 대공업

바다 저편에 울어대는 소는 선물로 다 들고 갈 수가 없구나.

---

45) 속곡의 나라로 1800년대 초중반에 유행했다. 대부분이 남녀 사이의 정을 26문자인 7・7・7・6 음절로 하여 샤미센(三味線)의 반주를 받고 노래하였다.
46) 일본의 전통적인 염색 기법.

함경남도 좋은 곳, 한번은 오시라. 함경남도에서 자랐는지 그립구나.

도도이쓰(都々逸)

평양 명물 수없이 있지만 맛이 좋은 것은 밤과 고기

색은 검어도 저 무연탄 하얀 설탕을 며느리에게 가져간다.

평양 기생과 남포의 사과 더불어 본고장에서 이름이 높다.

연약한 팔로 짜내는 비단 끝은 당신의 살갗에 닿는다.

환히 보이는구나. 평양역을 화장하고 기다리는 목단대.

화장을 마치고 늘씬하게 선 꽃 같은 자태의 목단대.

가서 평안남도 파내세 보물 서쪽도 동쪽도 석탄 산더미

/조선의 노래(朝鮮の歌)/ [47)]

47) 이곳에 나와 있는 민요는 모두 한글로 기술하고 그것을 일본식 발음으로 표기한 이후, 다시 일본어로 그 의미를 적고 있다.

新調아리랑曲譜

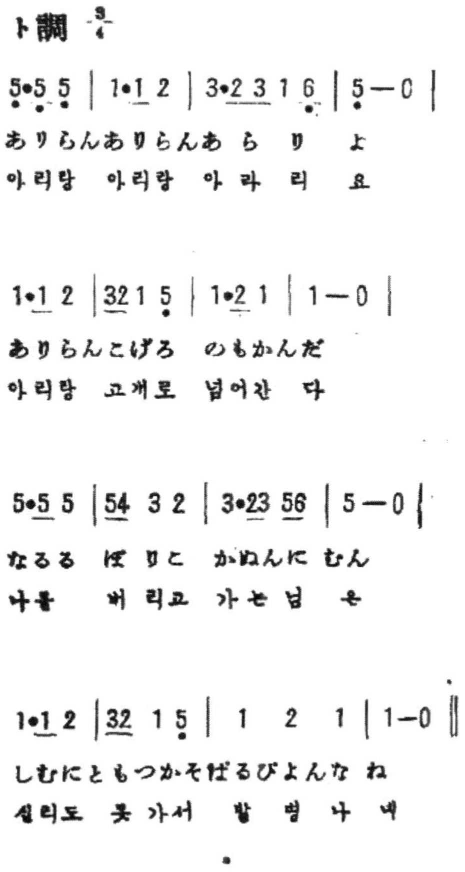

ト調 3/4

5•5 5 | 1•1 2 | 3•2 3 1 6 | 5 — 0 |

ありらんありらんあ ら り よ

아리랑 아리랑 아 라 리 요

1•1 2 | 32 1 5 | 1•2 1 | 1 — 0 |

ありらんこげろ のもかんだ

아리랑 고개로 넘어간 다

5•5 5 | 54 3 2 | 3•23 56 | 5 — 0 |

なるる ぽりこ かねんに むん

나를 버리고 가는 님 은

1•1 2 | 32 1 5 | 1 2 1 | 1—0 ‖

しむにともつかそばるぴよんな ね

십리도 못 가서 발 병 나 네

아리랑

1. 아리랑 아리랑 아라리요

   (ありらん ありらん あらりよ)

   아리랑 고개로 넘어간다

   (ありらん峠を越えて行く)

   나를 버리고 가는 님은

   (妾<わたし>を捨てて去る君は)

   十里도 못 가서 발병 나네

   (一里も行けず足を傷める)

2. 아리랑 아리랑 아라리요

   (ありらん ありらん あらりよ)

   아리랑 고개로 넘어간다

   (ありらん峠を越えて行く)

   豊年이 온다네 豊年이 온다네

   (豊年だ 豊作だ)

   이 江山 三千里에 豊年이 온다네

   (國中何處でも豊年だ)

3. 아리랑 아리랑 아라리요

(ありらん ありらん あらりよ)

아리랑 고개로 넘어간다

(ありらん峠を越えて行く)

山川에 草木은 젊어가고

(野山の草木は若返り)

人間의 靑春은 늙어간다

(人の青春は薄れ行く)

4. 아리랑 아리랑 아라리요

(ありらん ありらん あらりよ)

아리랑 고개로 넘어간다

(ありらん峠を越えて行く)

靑天 하날에 별도만코

(空にはまたたく星がある)

우리네 살임사리에 말도 만타

(浮世にや口說が多くある)

셋 친구(三人友)

1. 지나간 그 녯날에 푸른 잔듸에

(吁<ああ>其の昔青芝に)

꿈을 꾸든 그 時節이 언제이더냐

(夢見し時はいつなりし)

저녁날 해는지고 날이 저물어

(夕陽は落ちてたそがるる)

나그네의 갈길이 아득하여요

(旅の行くてはかぎりなし)

2. 薔薇갓흔 내마음에 가시가돗쳐

(ばらの花にはとげが出來)

이다지도 어린넉 시들어 네

(若き靈<こころ>はほれたり)

사랑과 굿은 盟誓 사라진 자취

(愛と誓は消え失せて)

두 번 다시 되지못할 고흔 내모양

(美し姿に復と來ぬ)

3. 즐거웁던 그 노래도 설은 눈물노

(悲し涙もなつかし謠も)

져바다의 물결에 씌여버리고

(海の波間に消えうせぬ)

넷날의 푸른 잔듸가 다시 그리워

(思へば戀しあの青芝よ)

黃昏에 길이나마 도라가오리

(黃昏の道でも戻ろうか)

시조(時調)

시조는 조선의 속요 중 가장 고상한 것으로 여겨지고 있다. 원래 한시를 그대로 노래한 것이지만 점차 조선어를 많이 사용하게 되어 그 형식은 초장(初章) 중장 종장 세 절로 되어 있다. 오늘날 여기서는 잡가라고도 말할 수 있는 비교적 비근한 것을 채록하였다

노세노세(遊べ遊べ)

1. 노세노세 젊어노세 늙어지면 못노나니

(遊べよ遊べ若き時に 年をとったら遊べない)

花無十日紅이요 달도차면 기우나니

(花に十日の紅なし 月も滿つればかくならひ)

人生一場春夢이라 아니놀지는 못하리라

(人生は一場の夢 遊ばざるを得ない)

2. 달아 두렷한 달아 님의 東窓에 빗친 달아

(月よ明るき月よ 君の窓を照した月よ)

님홀노 누엇드냐 어느 郎君 품엇드냐

(君は一人で寢てゐたか 又しは誰かをだいてたか)

저달아 본대로일너라 死生決斷

(月よ見たまま教へてよ わたしや大に覺悟する)

3. 사랑이 그 엇덧터냐 둥그더냐 모지더냐

(二人の仲はどうだった 円か四角か短いか)

기더냐 ㅅㄱㅓ드러냐 밟고남아 몃자나되더냐

(計って見たら何尺あった)

아마도 슷히업고 한이업네

(いふにいはれぬ深い仲)

4. 말은 가자고 울고 님은 잡고 아니놋네

(馬はかへらんとして嘶き 君は袖を引いてはなさない)

夕陽은 재를 넘고 갈길은 千里로다

(夕陽は落ちて行くては遠い)

저님아 가는날 잡지말고 해를잡아라

(歸る私をとめずとも 落ち行く夕陽をとめさんせ)

5. 青山도 절노절노 綠木도 절노절노

(青山も自然、綠水も自然)

山절노 水절노 하니 山水間에 나도절노

(山自然、水自然、山水間の吾亦自然)

어려서 병읍시 자란 몸이 늙기도 절노

(斯く自然に生れし身の老ゆるも亦自然)

6. 不親이면 無別이오

(親まざれば別れなし)

無別이면 不相思라

(別れなければ相思はず)

相思不見 相思懷는

(相思ひ相見ず懷かしむ思は)

不如無情 不相思라

(情なくして相逢＜あわ＞ざるに如かず)

엇지타 靑春人生이 일로 白髮

(嗚呼靑春の人生之が爲に白髮)

山有花歌(백제 말년)

山有花兮 山有花야 져쏫피여 농사일 시작하고 져쏫디더락필역하세 어날々상사뒤 어여뒤여상사뒤

(山有花ヨ 山有花ヨ 彼ノ花ガ咲ク時 農事ヲ始メ 彼ノ花ガ散ル迄努メヨウ)

山有花兮 山有花야 져쏫피여 번화함을 자랑마라 九十韶光 잠깐간다 어날々상사뒤 어여뒤상사뒤

(山有花ヨ 山有花ヨ 彼ノ花ガ咲イテ繁華ノコトヲ誇ルナ 九十韶光ハ暫クノ間ニ去ッテ行クノデアル)

충녕봉에 날쓰고 사자강에 달진다 저날써셔 들에나와 저달지고 도라간다 어날々상사뒤 어여뒤여상사뒤

(鷲嶺峰カラハ日ガ出 泗沘江ニハ月ガ沒スル 彼ノ日ガ出ル時野ニ出テ 彼ノ月ヲ戴テ家ニ歸ル)

농사진는 일이 밧부지만은 부모쳐자 구제하기 뉘손을 기달릿고 어날々상사뒤 어여뒤여상사뒤

(農事ハ忙シイケレドモ父母妻子ノ救濟ニ誰ノ手ヲ待タウヤ)

부소산이 놉하잇고 구룡포가 깁허잇다 부소산도 평디되고 구룡포도 평야되니 세상일 눠가알고 어날々상상뒤 어여뒤여상사뒤
(扶蘇山ハ高ク九龍浦ハ深イ 扶蘇山モ平地ニナリ 九龍浦モ平原ニナルノダカラ世上ノ事ヲ誰ガ知ラウ)

'어날々상사뒤 어여뒤여상사뒤'는 지금의 후렴(後斂)과 같은 것인데 노래의 박자를 취하기 위한 맞춤소리이다.

조선 각지의 민요(번역문)

○ 남산에서는 봉황이 울고, 북악(北岳)에서는 기린이 논다. 효천(曉天)의 태양이 동천(東天)에 밝다. 평화로운 치세에 성군을 받들어 더불어 함께 태평의 만만세를 누리세. 만만세를 누리세. — 【경성】

○ 한강 강바닥이 깊고 깊다고 하는 것은 누구인가? 오리의 가슴 밖에 젖지는 않는다. 이 세상에서 깊은 것은 오로지 당신의 가슴뿐 — 【경성】

○ 은하에 물이 가득 차고 까치들 다리가 떴구나. 소 모는 남자 건널 수가 없구나. 직녀의 작은 저 가슴은 봄눈인지 사라지겠지요. — 【전주】

○ 황산의 계속을 돌아가 배꽃 한 가지를 꺾어 들고 도연명을 찾아가려고, 오류(五柳)48) 마을에 와 보니, 칡 두건을 얹은 한 남자 술을 만드는구나. 그 소리가 고요하여 비가 내리는 듯 오해할

48) 중국 진(晉)나라의 도연명이 그의 집 앞에 버드나무 다섯 그루를 심어 가꾼 데서 유래하고 있다.

것 같다. — 【전주】

○ 남에게 준 적도 없다. 남에게 받은 적도 없다. 언제부터 자란 이 백발, 너는 너무 탐욕스런 이 호한을 백발로 만들다니. — 【전주】

○ 어젯밤 불었던 저 바람에 마당의 복숭아 꽃이 모두 저버렸네. 이봐요 도련님 빗자루를 그만 두세요. 낙화도 꽃이라면 정이 있다. 쓸어버리는 것은 박정해요. — 【불명】

○ 뒷산 할미꽃은 나이가 들어도 젊어도 어느 것이든 허리가 휘어져 있네. — 【금강산 부근】

(할미꽃은 봄에 가장 빨리 피는 꽃인데, 꽃잎 아래에 만곡(彎曲)한 꽃받침을 가지고 있어 꽃이 진 후에는 희 모상피(毛狀皮) 속에 종자가 생긴다.)

○ 서울의 참새, 서울의 참새, 전주 고부(古阜)[49]의 청대콩 참새. 네가 먹고 내가 먹어 연공(年貢)이 세 말 세 되 세 홉. 어찌하여 걷힐 건가. 훠이훠이. — 【전주비장 참새쫓기 노래】

---

49) 전라북도 정읍 지역의 옛 지명.

○ 달이 밝은 이 달밤에 배를 타고 추강에 들어가니 물 밑에는 하늘이 있고 하늘 아래에는 달이 있다. 어린 아이야 저 달을 낚아 올려라. 달구경하며 술에 젖어 보자 — 【전주】

○ 서쪽 산으로 해가 떨어지면 천지에 끝이 없는 듯하다. 배꽃 하늘에는 달이 밝다. 새롭게 낭군을 생각해 낸다. 너는 누구를 애타게 기다려 밤새도록 울고 있었느냐. — 【금강산 부근】

○ 봄바람에 부는 도리(桃李) 꽃이여. 일시의 영화를 자랑하지 마라. 녹색 대나무와 푸른 솔 나무 추위에 견디는 정절은 언제나 변함은 없다. — 【불명】

○ 봄날의 물은 온 사방의 못에 가득하여 올 수 없는가. 여름 구름은 기이한 봉우리 많아서 넘어 올 수 없는가. 가을 달빛은 밝은 빛을 비추어 길은 밝다. 무엇이 부족해서 당신은 오지 않는가.[50] — 【불명】

○ 불로초로 빚은 술을 만년배(萬年盃)에 가득 부어 장수 축원을 올립니다. 이 술잔을 들면 만수무강하실 수 있습니다. — 【헌주가〈獻酒歌〉 전 조선】

---

50) 도연명의 시 '春水滿四澤(춘수만사택) 夏雲多奇峯(하운다기봉) 秋月揚明輝(추월양명휘) 冬嶺秀高松(동령수고송)'에서 따온 민요이다.

○ 까치야 까치야 어디에 가느냐. 광릉(光陵)[51]에 가요. 무엇하러 가느냐. 새끼 나으러. 몇 마리 낳느냐. 다섯 마리 낳아요. 나에게 한 마리 주지 않을래. 그거 어떻게 하려고. 구워서 먹고 삶아서 먹는다. 갖갖. — 【경성】

○ 방에 멍하니 남겨진 촛불. 이별을 아쉬워하며 얼굴에 눈물을 흘리며, 어머 마음이 타들어 간다. 내 처지. — 【불명】

51) 경기도 남양주시에 있는 조선 제7대 세조왕과 정희왕후 윤씨의 무덤이 있는 곳.

종로 행진곡

(도톤보리〈道頓堀〉 행진곡에 준한다)

1. 붉은 등불 파란 등불 관등제(觀燈祭) 밤에
　　가로에 깜박이는 사랑의 불길
　　　　아아 타오르는 등불 즐겁지 아니한가.

1. 유쾌하게 하세. 쇤[52]이 있으면
　　모던한 모습의 주막(酒幕)의 퀸
　　　　어찌하여 종로를 잊을 수 있겠는가.

1. 사랑스런 내 님이여. 그리울 때에는
　　제멋대로 놀아요. 노래 불러요.
　　　　아- 그리운 종로의 네거리

52) schön. 독일어로 미인이라는 뜻.

백두가락(白頭節)

○ 백두 천지에 쌓인 눈은
녹아 흘러가 압록강의
아- 귀여운 처녀의 화장수(化粧水)

○ 녹아라 흰 눈이여 장맛비 내려라.
진달래 피게 하라 물이여 불어나라.
아- 사랑스런 임자 뗏목을 탄다.

○ 단풍 물들자 뱃사람 고향으로
처마의 제비가 돌아올 때
아- 데려 왔으면 한다. 마음이 끌리는 당신.

○ 흘러 흘러 이백 여리
여기는 중심도시 신의주
아- 돌아가는 철교는 동양 제일

○ 백두 산바람에 추위를 들었더니
오늘은 마이너스 40여도

아- 썰매의 여로에 말 방울소리

○ 백두 내려오는 곳은 뗏목을 타고
흘러 바위를 세차게 때리는 나단보(羅暖堡)의
아- 파도의 비말로 소매를 적신다.

○ 돌아가는 프로펠러 소리 씩씩하도다.
저것은 국경의 비행선
아- 창가에 보이는 구연성(九連城)53)

○ 국경 평남북도에 와 보십시오.
황금 솟아나오는 산도 있다.
아- 살아보면 중심도시의 낙천지.

○ 농업을 한다면 평안북도에 오세요.
쌀은 가메노오(龜の尾)54) 백만석
아- 가뭄을 모르는 물도 있다.

53) 압록강 북쪽에 있는 성.
54) 메이지 시대 야마가타현(山形縣)에서 육성된 쌀 품종.

조선박람회의 노래

조선박람회의 노래

학무국(學務局) 선

1. 반도의 가을, 하늘은 드높고
　　날마다 번영해 가는 경성의
　경복궁 한가운데, 눈부시게
　　빛나는 조선박람회.

2. 신정(新政) 여기에 20년
　　임금의 혜택으로 윤택해지고
　문화의 꽃이 아름답게 피어난다.
　　천황의 성대의 빛을 칭송할 지어라.

3. 산업 세계의 진액을 채취하고
　　학예 고금의 정수를 뽑아내어
　현란함이 자신의 아름다움을 다툰다.
　　오늘의 번영을 칭송할 지어라.

4. 신흥(新興)의 기상 하늘에 충만하고
희망의 빛 반짝였도다.
개발하라, 무한한 부(富)의 곳간
진력하라, 문화의 진전으로.

국경가락(國境節)

1. 아침햇살 비추는 금강의
봉우리보다 드높이 가을 날씨 맑아
하늘에 떠도는 구름도 없다.

2. 단청(丹青) 이곳에 20년
문화의 꽃으로 화려하게 피어나다.
시정(施政) 기념의 박람회

3. 임금의 서광의 은총에
행운으로 빛나는 바다와 산들의
보물이 많은 산과 사람들이 많은 산.

4. 정말로 훌륭하게 또한 절묘하게
만들어 낸 수많은
물건은 세상 부자들의 행복.

5. 아- 산업의 개발에
내선(內鮮) 더불어 손을 잡고
서로 노력하자, 믿음직스럽구나.

1. 문화의 흐름에 편승하여
나아가세 통치 20년
결실을 자랑하는 가을은 왔다.

2. 북악산을 등에 지고
드높이 솟은 전당은
조선 축도(縮圖)의 박람회.

3. 산업 교육 백반의
문화시설의 모습을
손에 잡는 것처럼 말한다.

4. 보아라, 조선 십삼도
정화(精華)를 모은 물건들은
소문으로 들은 것보다 훨씬 뛰어난 대부원

5. 아침햇살 빛나는 반도의
모습 비추어 남김 없고
신흥의 기상은 넘쳐흐른다.

6. 오라, 남산 하늘 맑고
단풍 물드는 대경성
국화 향기도 지금 그윽하다.

1. 밝아오는 조선반도의
번영을 여기에 박람회
개척하는 쇼와(昭和)의 즐거움이여.

2. 시절은 단풍이 드는 가을 무렵
엮어낸 비단 아름다운 무늬를 이루고
문화 찬연하게 여기에 핀다.

3. 보라 팔도 문명의
그 정수의 모습이야말로
관민일치 노력하라.

4. 말하는 역사는 20년
산하에 가득 찬 대부원
정수를 모아 그대를 기다린다.

5. 이름도 사랑스러운 경복궁
매무시를 다듬고 극동의
정수를 모아 그대를 기다린다.

6. 오라, 형제자매 나라를 위해
와서 진력하세 대륙의
목표로 하는 문화의 진전으로

압록강가락(鴨綠江節)

△ 개발되어 가는 조선반도 13도
모습 비춘 박람회 문화의 꽃이 피는 대경성
당신이 또 오시는 걸 기다릴 뿐.

△ 조선을 한눈에 아는 박람회
반드시 당신이 와 주세요.
토산 선물은 조선도자기, 기생
춤도 또한 이야기 거리가 된다.

△ 조선을 사람들에게 알리는 저 박람회
정수를 모은 저 대경성
어젯밤에도 간 듯한 꿈을 꾸었어.
정말 다시 가요– 당신.

도도이쓰(都々逸)

△ 조선박람회에서 통지가 왔는지
서로 권유하여 건너는 기러기

△ 타오르는 이상에 문화의 꽃을
피우는 조선박람회 기상과 열기

△ 풀어서 보이겠습니다. 경복궁에서
감추어진 문화의 두루마리 그림

△ 활짝 핀 벚꽃은 나라의 꽃이여
열린 조선박람회 백성의 꽃

△ 일가 다모여 조선박람회로
정말로 즐거운 가을 여행

조선 국경 수비의 노래(朝鮮國境守備の歌)

군사령부 작

(1)

천고(千古)의 진호(鎭護) 백두의
동쪽으로 흐르는 두만강
서쪽을 가로막은 압록강
꾸불꾸불 이어진 아득히 삼백리
국경수비의 영예 짊어진다.
대장부 여기에 수천인

(2)

장백 산바람 거칠어질 때
빙설(氷雪) 사방을 가두고
오늘밤도 영하 30도
칼을 차는 살갗은 찢어지더라도
총을 잡는 양손은 내려오더라도

형제자매 지키는 피는 타오르고

(3)

고량(高粱) 높이 들어찰 때
야산도 마을도 물이 고갈되어
날마다 백도의 염열(炎熱)에
비치는 해는 머리를 태우더라도
병은 골신을 녹이더라도
보국의 사기 더욱 떨친다.

(4)

평안(平安)의 풀 파래지는 봄
함경(咸鏡)의 달 맑아지는 가을
용감한 고금의 용사가
맺은 꿈의 자취를 방문하면
모습 변하지 않는 산하의
나를 가르치는 목소리가 난다.

(5)

들은 광활한 둔영(屯營)에
아침에 삼가 받드는 칙유(勅諭)
저녁때에 닦는 양날검

고향 멀리 떠나서
생사고락을 맹세한
추억 깊은 단란함이여.

(6)

만약에 적대하는 패거리가
오려면 오라 시험해 보련다
평소 단련한 나의 팔
바다와 산을 사이에 둔 부모가
늙어서도 장한 격려에
젊은이의 마음 고동친다.

(7)

전운 극동을 뒤덮을 때
당당하게 정의의 마늘창을 들고
이루려고 하는 남자의 숙원을
그대가 고굉(股肱)의 조칙을 이어받아
나라의 방패라고 부탁받은
이름을 더럽히지 않는 야마토다마시이[55)]

---

55) 大和魂. 일본 민족 고유의 정신이라는 뜻인데 일본인의 대외의식을 나타내는 용어로서 일본정신과 같은 뜻이다. 이전에는 중국대륙에 대해 근대 이후는 서양에 대해 사용되었으며 20세기 이후 제국주의시대에는 국가에 대한 희생적 정신과 다른 나라에 대한 배타적 자세를 나타내는 용어로 사용되었다.

(8)

쌓여온 충의의 효과가 있어서
천황의 위광 빛나는 날의 깃발
계림 널리 휘날린다.
자랑하라 내 친구 눈썹을 치켜올리고
진력하라 내 친구 영원히
국경수비의 공훈을

▌해제

이 책 『조선 정서』는 경성에 있었던 조선시찰유람회(朝鮮視察遊覽會)에서 1929년 9월 가노 마사토(加納万里)가 조선 각지의 풍물과 자연경관, 산업시설 및 특산물을 일본어로 노래한 속요와 가요, 그리고 조선의 전통적인 민요와 시조(時調)의 번역문을 한글 원문과 함께 모아 간행한 것이다.

이 책의 간행 이유는 크게 두 가지로 요약할 수 있다. 하나는 편자 가노 마사토가 서문에서 "속요에는 그 지방의 로컬컬러(Local Color)가 상당히 심각하게 포함되어 있음을 부정할 수 없습니다."라고 지적하고 있듯이 조선의 로컬컬러가 잘 나타나 있는 속요와 가요를 편찬함은 물론, 조선의 민요나 문화예술을 일본어로 번역하여 소개하고자 하였던 점이다. 둘째는 이러한 속요의 소개를 통해 "전 일본 국민"들에게 앞으로 조선을 친근하게 느끼고 만들고 "강한 인상"을 주려는 의도가 있었다고 할 수 있다. 이러한 측면에서 편자는 이 책이 "군계일학"이 될 수 있다고 자부하며 독자들에게 "유희 기분"을 돋움과 더불어 조선의 "기미(幾微)"를 제공하려고 하였음을 밝히고 있다.

이 책에서는 이러한 간행 의도에 입각하여 '경성 고우타'를 비롯하여 조선의 가장 뛰어난 절경을 노래한 '조선 10경', 조선 각지의 산업이나 발전을 구가한 노래, 국경 경비대나 수비대의 노래 등을 싣고 있다. 식민지 통치 5년을 기념한 1915년 조선문산공진회(朝鮮物産共進會)에 이어, 20주년을 맞이하여 경복궁에서 개최한 조선박람회를 구가한 노래가 많이 보이는 것도 이 책의 특징이라 할 수 있다.

『조선 정서』에서는 이와 같이 조선의 다양한 풍물과 관련하여 일본어로 불리던 속요나 가요뿐만 아니라, 일본의 일반 대중들이 충분히 관심을 가질만한 조선의 문화·예술과 관련한 다양한 글들도 싣고 있다. 예를 들면 '조선음악'란을 설정하여 조선의 아악(雅樂)의 특징을 악기의 종류에서 다양한 형태의 음악과 전통 춤에 이르기까지 상세하게 소개하고, 조선 아악이 중국과 일본의 그것과 어떤 차이가 있는지를 설명하고 조선음악 특유의 가치를 지적하고 있다. 또한 기생이나 유녀의 역사를 통시적으로 일별하고 근대적 갈보의 종류 등에 관한 글도 상세하게 열거하여 제시하고 있다.

한편 『조선 정서』에서는 조선문화와 관련한 이러한 설명문뿐만 아니라, 조선의 시조(時調)와 '신조(新調) 아리랑'의 소개, 나아가서는 조선 각지에서 불리던 민요의 일본어 번역문과 한국어 원문도 동시에 싣고 있다. 1920년대 조선 각 지역의 문화 유적, 자연풍광, 산업 발달 모습 및 행사와 관련된 일본어 가요뿐만 아니라, 조선의 문화나 예술, 나아가 조선 민요의 번역문을 더불어 싣고 있다는 사실은 이 책의 편자인 가노 마사토가 서문에서 제시한 조선의 '로컬 컬러'에 해당하는 다양한 이미지를 가능한 한 폭넓게 제시하고 이를 일본인들에게 소개하고자 하는 의도를 엿볼 수 있다.

그렇다고 한다면 편자가 독자들에게 제시하고자 하였던 조선의 "로컬컬러"란 무엇을 의미하고 있는가? 당시 "로컬컬러"는 "조선색(朝鮮色)", "지방색(地方色)", "향토색(鄕土色)"이라고도 불리었는데, 식민지 조선에 거주하였던 재조일본인들은 1920, 30년대에 이러한 조선의 '로컬컬러'를 어떻게 형상화하여 구현할지를 둘러싸고 다양한 문학예술장르에서 다방면의 논의를 펼치고 있었다.

> 편자는 이것의 편집에 착수하자 틈이 있을 때마다 널리 조선 내 각지를 여행하여 그 풍물을 친히 접하고 이에 의거하여 조선 특종의 색채를 표현한 작구(作句)를 많이 채택하고 반도 문예를 널리 세상에 소개하려는 일에 힘써 주의하였다.(戶田雨瓢 『朝鮮俳句一萬集』, 朝鮮俳句同好會, 1926)

> 조선풍토는(중략)일본 내지와는 상당히 다른 그 취향을 달리하고 있다.(중략) 이런 종류의 가집은 로컬 컬러가 차분히 드러나 있지 않으면 무의의하다고 나는 생각한다. (중략)이번의 가집에도 조선에 사는 제군의 노래가 많이 들어가 있을거라 생각하지만 내가 기대하는 이국정조가 스며나온 것임을 절망한다. (市山盛雄 『朝鮮風土歌集』 중

가와다 준(川田順)의 서문, 眞人社, 1935)

첫 번째 인용문은 조선에서 활동하고 있었던 하이쿠(俳句) 동인들 사이에서 구집(句集)의 필요성을 느끼고 여러 번에 걸쳐 발간을 시도하였지만 실현되지 못하다가 이 책의 편자인 도다 사다요시가 1922년부터 여러 해에 걸쳐 편찬에 착수하여 완성한 『조선하이쿠일만집(朝鮮俳句一萬集)』의 '범례(凡例)' 중 한 구절이다. 이 구집은 일본전통시가인 하이쿠 단행본으로서 조선 최초로 간행된 작품집이라는 의미를 지니고 있다. 이 구집은 범례에서 밝히고 있듯이 1904년부터 1926년에 이르기까지 약 23년간 주로 조선에 거주하는 동인들의 하이쿠를 수록한 작품집인데, 편자 도다 사다요시는 이 구집의 편찬에 착수하면서 조선특유의 색채를 표현하기 위해 하이쿠의 선정에 주의를 기울였으며 가능한 한 '조선색(朝鮮色)'이 잘 드러난 작품을 선별하려고 했다고 밝히고 있다.

두 번째 인용문은 진인사(眞人社) 동인이자 '반도가단(半島歌壇)'의 개척자라고 일컬어졌던 이치야마 모리오(市山盛雄)가 1935년에 진인사 창립 12주년 기념출판물로 동출판사에서 간행한 『조선풍토가집(朝鮮風土歌集)』의 서문이다. 이 가집은 이치야마 모리오가 당시 조선에 거주하거나 과거에 거주하였던 가인, 여행자, 조선과 관계가 있는 가인들의 작품 중 '조선색'이 강한 작품을 유파 불문하고 조사, 채록한 것인데 메이지(明治), 다이쇼(大正), 쇼와(昭和)기의 모든 시기를 망라하고 있다. 특히 이 가집은 단지 채록의 범위를 일본인에

한정하지 않고 김응희(金應熙), 장병연(張秉演), 정지경(鄭之璟), 최성삼(崔成三), 박규일(朴奎一), 박준하(朴俊夏), 유인성(柳寅成), 이국영(李國榮) 등 조선인이 노래한 단가들도 포함하고 있다는 점이 이채롭다.

여기서 편자인 이치야마 모리오가 조선관련 단카 중 "조선풍물"을 읊어 "조선색"이 잘 드러난 작품을 선별했다고 강조하는 곳이나, 위에서 인용한 문장을 보면 모두 "로컬 컬러"를 강조하고 있다. 이는 당시 확장하는 제국일본의 구도 속에서 문학이나 미술 분야 등에서 지방문화로서 아니면 지방색(로컬컬러)으로서 조선색을 강조하고 있었던 문화담론에 강한 영향을 받고 이를 단카라는 분야에서 이를 발굴, 유통시키고자 하는 시대적 문맥이 잘 드러나 있다고 할 수 있다.

1920, 30년대는 단카, 하이쿠 등 조선 내 일본전통시가분야에서 상당히 활발하게 로컬컬러의 문제를 논의하였고 이러한 조선다움을 형상화하기 위한 다양한 시도가 있었으며 수많은 작품집을 간행하였다. 한편 재조일본인 일본어문학 전체에 대해 언급하면 "대만이라든가 가라후토(樺太)라든가 내지는 조선과 같은 신영토에 제재를 취하게 된다면 매우 재미있는 것이 만들어질 것이라고 생각한다. 나는 사회적 흥미 중심의 작품과 신영토를 무대로 한 작품을 금후의 작자에게 기대하며 그 출현을 간절히 희망하는 자이다."(文學士 生田長江「文芸と新領土」『朝鮮及滿州』 제70호, 1913.5)라는 식으로 식민지 '신영토'에 뿌리를 내린, 그리고 식민지에서 제재를 취한 작품의 창작을 강하게 희망하고 있었다. '내지(內地)' 중앙문단과 준별

되며 조선 현지의 풍물과 그 특징을 잘 반영한 조선에서 만들어진 문학의 탄생을 희망하는 글들은 이미 1900초년대부터 보이는 현상이다. 이러한 글들을 통해 재조일본인 문인들 사이에서는 “로컬 컬러”가 잘 드러나 조선적 특징을 잘 보여 주는 조선에서 만들어진 일본어 문학의 탄생을 상당히 갈망하고 있었음을 알 수 있다.

물론 당시 로컬컬러라고 하면 이는 문학 방면의 문제만은 아니었다. 오히려 1922년 이후 조선미술전람회(朝鮮美術展覽會)가 개최되면서 미술계에서 이러한 로컬컬러, 향토색, 조선색에 관한 논의가 빈번하게 일어나 이러한 조선적 특색을 반영한 작품들을 활발하게 형상화하기에 이른다.

그런데 상당히 흥미로운 점은 이 당시 재조일본인들 사이에 활발하게 논의되었던 조선적인 것, 또는 조선의 향토적인 것이 무언인가라는, 로컬컬러 논의와 관련하여 이 책에서 제시하고 있는 내용들이다. 먼저 조선의 민요나 시조를 한글 원문과 더불어 일본어로 번역하여 보이려고 한 점, 나아가 조선의 음악과 전통 무용을 소개하고자 한 점, 나아가 기생이나 유녀, 나아가 갈보 등 이 분야의 여성들을 특화시켜 소개하고 있는 점이 이 당시 재조일본인들이 상상하고 있었던 조선적인 풍물의 한 단면을 보여주고 있다고 할 수 있다. 다음으로는 조선의 자연경관이나 문화유적지, 각지의 산업시설이나 지역의 발전상, 특산물 조선 박람회 등의 행사를 노래한 일본어 가요(속요)가 이러한 조선의 로컬컬러를 잘 대변하고 있다고 파악하고 있었다는 점이다.

그런데 후자의 경우는 당시 조선의 자연경관이나 문화유적 등을 노래의 형태로 소개한 내용도 적지 않지만 1910년 식민지 통치 이후 각 지방의 발전상을 강조하거나, 이러한 식민지 통치의 성과를 나열하고 있는 노래도 결코 적지 않은데, 이는 당시 일본어 가요가 가지고 있었던 속성의 한 단면이었다고도 할 수 있을 것이다.

[영인] 朝鮮情緖

여기서부터는 影印本을 인쇄한 부분으로 맨 뒷 페이지부터 보십시오.

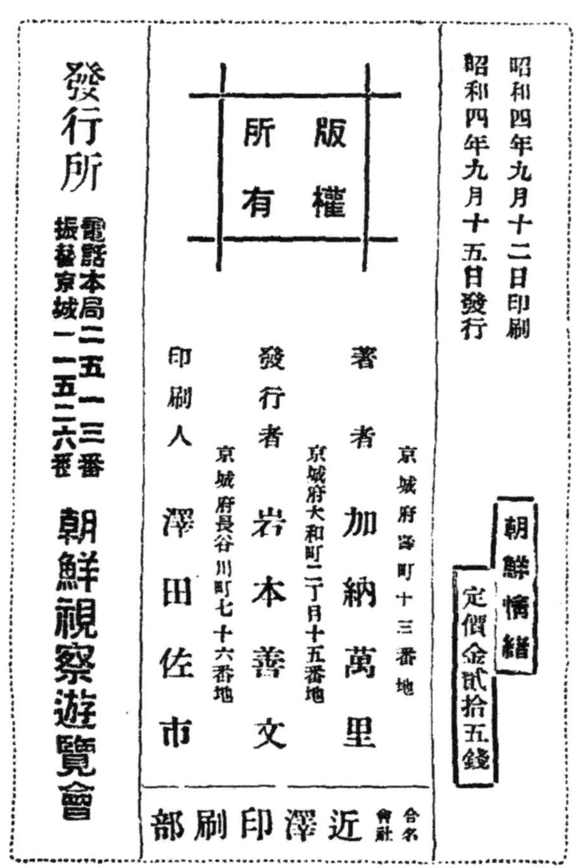

昭和四年九月十二日印刷
昭和四年九月十五日發行

朝鮮情緒

定價金貳拾五錢

著者　加納萬里
京城府壽町十三番地

發行者　岩本善文
京城府大和町二丁目十五番地

印刷人　澤田佐市
京城府長谷川町七十六番地

版權所有

合名會社 近澤印刷部

發行所　朝鮮視察遊覽會
電話本局二五一三番
振替京城一一五二六番

守備の歌

（七）

戰雲極東を掩ふとき　堂々正義の戈執りて
遂げむ男子の本懷を　君が股肱の詔を承け
國の御楯と賴まるゝ　名をば汚さぬ日本魂

（八）

積る忠義効果ありて　稜威輝く日の御旗
鷄林遍く飜る　誇れ我が眉揚げて
勵め我が友長へに　國境守備の功勳を

守備の歌

（五）

野は縹緲の屯營に　朝畏む勅諭
夕に磨く劍太刀　故鄕遠く出で立ちて
生死苦樂を誓ひたる　思出深き眞心かな

（六）

縱しや仇なす　輩の　來らば來れ試し見む
日頃鍛へし我が腕　海山隔つ父母の
老いて壯なる激勵に　若人の心高鳴るよ

守備の歌

（三）

高粱高く繁るとき
日毎百度の炎熱に
悪疫は骨身を溶かすとも
野山も里も水枯れて
射る日は頭を焦すとも
報國の士氣彌振ふ

（四）

平安の草青む春
雄々し古今の勇者が
姿變へぬ山河の
咸鏡の月冴ゆる秋
結びし夢の跡訪へば
我を教ふる聲すなり

朝鮮國境守備の歌 （軍司令部作）

（一）

千古の鎭護白頭の　東に流るゝ豆滿江
西を隔つる鴨綠江　蜿蜒遙か三百里
國境守備の榮譽負ふ　武夫茲に數千人

（二）

長白颪荒むとき　氷雪西方を閉ぢこめて
今宵も零下三十度　太刀佩く膚は裂くるとも
銃執る雙手は墮つるとも　同胞護る血は燃えて

都々逸

△朝鮮博から知らせが來たか
誘ひ合はして渡る雁

△燃ゆる理想に文化の華を
咲かす朝博意氣と熱

△解いて見せます景福宮で
秘めた文化の繪卷物

△咲いた櫻はお國の花よ
開く朝博民の花

△一家揃ふて朝鮮博へ
ほんに樂しい秋の旅

鴨綠江節

△拓け行く朝鮮半島の十三道
姿影せし博覧會文化の花咲く大京城
あなたの(又)御出でを待つばかり
△朝鮮が一眼で判る博覧會
是非共貴方は來ておくれ
土産は高麗焼ヨ妓生のヨ
舞もマタ話の種になる
△朝鮮を人に知らするアノ博覧會
粋を集めたアノ大京城
夕べも行た様なゆめを見たヨ
ほんとに又行きませうネー貴郎

國境節

一、明け行く朝鮮半島の　榮へをこゝに博覧會
　　拓く昭和の樂しさよ

二、時は紅葉の秋の頃　織りなす錦あやなして
　　文化燦然こゝに咲く

三、見よや八道文明の　其の精粹の姿こそ
　　官民一致の努力なれ

四、語る歷史は二十年　山河に滿る大富源
　　粹をあつめて君を待つ

五、名もかぐはしき景福宮　粧ひ凝して極東の
　　粹をあつめて君を待つ

六、來れや同胞國の爲　來りて盡せや大陸の
　　目指す文化の進展に

國境節

一、文化の流に棹さして　進むや統治の二十年
實りを誇る秋は來ぬ

二、北嶽山を背に負いて　高くそびゆる殿堂は
朝鮮縮圖の博覽會

三、產業教育百般の　文化施設の有樣を
手にとる如く物語る

四、見よや朝鮮十三道　精華集めし品々は
聞きしに優る大富源

五、朝日かゞやく半島の　姿うつして餘りなく
新興の意氣は漲れり

六、來れ南山空晴れて　紅葉彩る大京城
菊の香りも今高し

國境節

一、旭うつらふ金剛の　峰より高く秋晴れて
空にたゞよう雲もなし

二、丹青こゝに二十年　文化の華と咲き誇る
始政紀念の博覧會

三、君が光りの御惠みに　幸よくかゞやう海山の
寶の山と人の山

四、まこと巧に又妙に　作りなしたる數々の
品は世の富人の幸

五、あゝ産業の開發に　内鮮共に手をとりて
いそしみ合ふぞ頼もしや

三、産業世界の精を採り
　學藝古今の粹を拔き
　絢爛おのが美を競ふ
　今日の榮えを讃へなむ

四、新興の意氣天に充ち
　希望の光耀きぬ
　拓け無限の富の庫
　盡せ文化の進展に

朝鮮博覽會の歌

學務局撰

一、半島の秋、空高く
日に榮えゆく京城の
景福宮裡、目も彩に
輝く朝鮮博覽會

二、新政茲に二十年
君の惠澤に潤ひて
文化の華の咲き匂ふ
御代の光を稱へなむ

朝鮮博覧會の歌
(行進的に)
大場勇之助作曲

白頭節

○國境平北來て見やしやんせ
黃金湧き出る山もある
アー住めば都の樂天地

○農業するなら平北お出で
米は甕の尾百萬石
アー日照り知らない水もある

○流れ流れて二百里餘り
こゝは都の新義州
アーまはる鐵橋は東洋一

○白頭颪に寒さを聞けば
今日はマイナス四十餘度
アー橇の旅路に馬の鈴

○白頭下りは筏に乗りて
流れ岩嚙む羅暖堡の
アー波の飛沫で袖ぬらす

○まはるプロペラ音勇ましや
あれは國境の飛行船
アー窓に見えます九連城

白頭節

○白頭天池に積りし雪は
　とけて流れて鴨緑江の
　アー可愛い乙女の化粧の水

○解けよ白雪五月雨降れよ
　つゝじ咲かせよ水増せよ
　アー可愛い主さん筏乗る

○紅葉色づきや乗夫さん故郷へ
　軒の燕がもどるとき
　アー連れて欲し好いた主

鍾路行進曲

（道頓堀行進曲ニ準ズ）

一、赤い灯　青い灯　觀燈祭の夜に
　街路にちらつく　愛の焔
　　吁々燃ゆる灯　樂しからずや

一、愉快にやらうよ　シャンが居れば
　モダン姿の　酒幕のクイン
　　何んで鍾路が　忘られようか

一、いとし我が君　戀しき時にや
　氣隨に遊ばうよ　謠ひませう
　　あーなつかし鍾路の四辻

朝鮮各地の民謡　（一〇〇）

か　秋月は明輝を揚げて路は明るい　何が不足で主や來ない
——【不明】

○不老の草で醸した酒を　萬年盃に一杯注いで　南山の壽を献じます　この盃を握つたら　萬壽無疆でゐられます——【献酒歌全鮮】

○鵲や〳〵　どこへ行く　光陵へ行くよ　何しに行くの　赤ちやん生みに　何羽生むの　五羽生むの　わしに一羽くれないか　それとうするの　燒て喰ふ煑て喰ふカツカ——【京城】

○部屋にボんやり取り殘された蠟燭　別離を惜んで　顔に涙を流して　アラ心が燃える　わたしの身の上——【不明】

年貢が三斗三升三合　どうして納まるかい　ホーい／＼

——【全州地方雀追歌】

○月が明るいこの月の夜に　船に乘て秋江に入れば　水の下には天があり　天の下には月がある　童子よあの月釣り上げよ　玩月長醉して見よう——【全州】

○西の山へと陽が落つりや　天地に際がないやうだ　梨花の空には月が明るい　新に郞君を思ひだす　お前は誰を待ちわびて　夜通し泣いてゐたのかい——【金剛山附近】

○春風に吹く桃李の花よ　一時の榮華を自慢すな　綠の竹と蒼い松寒さに耐える貞節は　いつでも變ることはない——【不明】

○春水四澤に滿て來られないのか　夏雲に奇峰が多くて越されないの

のしめやかさ　雨が降るかとあやしまる――【全州】

○人に贈つたこともない　人に貰つたこともない　いつから生へたこの白髮　お前はあまり胴慾な　この好漢を白髮にするとは―【全州】

○昨夜吹いてたあの風に　庭の桃花が皆散つた　ネー坊ちやん　箒を持つをやめなさい　落花も花なら情がある　掃いて捨てるはつれないよ――【不明】

○うらのお山の姿さん花は　お年がよつても若うても　どれでも腰が曲つてる――【金剛山附近】

（老婆草は春最も早く咲く花で、花瓣の下に灣曲した萼を有し、花の散つた後には白い毛狀皮の中に種子が出來る）

○都の雀　都の雀　全州古阜の青豆雀　お前が喰つてわたしが喰つて

朝鮮各地の民謠（譯文）

○南山では鳳凰が鳴き　北岳では麒麟が遊ぶ　曉天の太陽が東天に明るい　治まれる御代に聖主を戴き　共に共に昇平の萬々歳を樂まん　萬々歳を樂まん――【京城】

○漢江の流れの底が　深い深いと言ふのは誰か　鴨の胸しが濡れやしない　この世の中で深いのは　唯々あなたの胸ばかり――【京城】

○銀河に水が漲ぎつて　鵲の橋が浮いたそな　牛牽く男渡れない　織女の小さいあの胸は　春の雪かよ消えませう――【全州】

○黃山の谷を廻り　梨花を一技折りとつて　陶淵明に尋ねんと　五柳の村にきて見れば　葛の頭巾を戴いた　男一人酒造る　そのもの音

山有花歌　（九六）

農事ハ忙シイケレドモ父母妻子ノ救濟ニ誰ノ手ヲ待タウヤ

ぶそうさにいのぷはいつこ　くりよんぼかきつぽういつた　ぶそさんと
부소산이 놉하잇고　구룡포가 깁허잇다　부소산도
ぺよんちてこ　くりよんぽうとぺんやてに　せさんいる　ぬかあると
평디되고　구룡포도 평야되니　셰상일　뉘가알고
をーなるらるさんさて　をよてよさんさて
어날々상사뒤　어여뒤여상사뒤

扶蘇山ハ高ク九龍浦ハ深イ　扶蘇山モ平地ニナリ　九龍浦モ平原ニナルノダカラ　世上ノ事ヲ誰ガ知ラウ

をーなるらるさんさて　をよてよさんさて
어날々상사뒤　어여뒤여상사뒤　ハ今ノ後歎ノ様ナモノデ歌ノ調子ヲ取ル爲メノ掛聲デアル

山有花歌

山有花(やまにはなかあるよ)ヨ　山有花(やまにはなかあるよ)ヨ　彼(あ)ノ花(はな)ガ咲(さ)イテ繁華(はんくわ)ノコトヲ誇(ほこ)ルナ　九十韶光(せうこう)ハ暫(しばら)クノ間(あひだ)ニ去(さ)ツテ行(ゆ)クノデアル

ちゅんようんぽんえなるてこ　さぢやかんえ　たるちした　ちよたるとそ
충녕봉에날뜨고　사자강에　달진다　져날떠셔

とるえなわ　ちよたるちことらかんた　をーなるらるさんさて　を
들에나와　져달지고도라간다　어날々상사뒤　어

よてよさんさて
여뒤여상사뒤

鷲嶺峰(ゆうれいほう)カラハ日(ひ)ガ出(で)　泗沘江(しひこう)ニハ月(つき)ガ没(ぼつ)スル　彼(か)ノ日(ひ)ガ出(で)ル時野(ときの)ニ出(で)テ　彼(か)ノ月(つき)ヲ戴(いただい)テ家(いへ)ニ歸(かへ)ル

のんさちんぬんいりばつぶうぢまぬん　ぶもちよぢやぐぢえはきぬいそ
농사진는일이밧부지만은　부모처자구제하기뉘손

ぬるきたりつこ　をーなるらるさんさて　をよてよさんさて
을기달릿고　어날々상사뒤　어여뒤여상사뒤

（九五）

山有花歌

（百濟末年）

さんゆふあへ・さんゆふあや　ちょこつぴーよ　のんさいるしちゃくはこ
山有花兮・山有花야　져꼿피여　농사일시작하고

ちょこつちとらくぴるよくはせ　をーなるらるさんさて　をよてよさんさて
져꼿디더락필역하세　어날々상사뒤　어여뒤여상사뒤

山有花ヨ　山有花ヨ　彼ノ花ガ咲ク時　農事ヲ始メ　彼ノ花ガ散ル迄
努メヨウ

さんゆふあへ　さんゆふあや　ちょこつぴよぽんふあはむうるちゃらんまら
山有花兮　山有花야　져꼿피여번화함을자랑마라

くーしぷそくあんちゃむかんくた　をーなるらるさんさて　をよてさんさて
九十韶光잠깐간다　어날々상사뒤　어여뒤상사뒤

＊親(したし)まざれば別(わか)れなし

無別이면　不相思라
むびょりみょん　ふるさんさら

＊別(わか)れなければ相思(あひおも)はず

相思不見　相思懷는
さんさぶるぎょん　さんさほえぬん

＊相思(あひおも)ひ相見(あひみ)ず懷(なつ)かしむ思(おもひ)は

不如無情　不相思라
ぶるりょむじょん　ぶるさんさら

＊情(なさけ)なくして相逢(あわ)ざるに如(し)かず

엇지타　青春人生이　일로白髮
をつちた　ちょんちゅんいんせんい　いるのぺつくばる

＊嗚呼(あゝ)青春(せいしゅん)の人生(じんせい)之が爲(ため)に白髮(はくはつ)

遊べ遊べ

저님아 가는날 잡지말고 해를잡아라
ちよにむあ　かぬんなる　ちやふちまるこ　へるちやばら

＊歸(かへ)る私(わたし)をとめずとも　落(お)ち行(ゆ)く夕陽(ゆふひ)をとめさんせ

五、青山도 절노 綠水도 절노
ちよんさんと　ちよるの〱　のくすと　ちよるろ〱

＊青山(せいざん)も自然(しぜん)、綠水(りよくすい)も自然(しぜん)

山절노 水절노 하니 山水間에 나도절노
さんちよるの　すちよるろはに　さんすかぬえ　なとちよるろ

＊山自然(やましぜん)、水自然(みづしぜん)、山水間(さんすゐかん)の吾亦自然(われまたしぜん)

어려서 병 읍시 자란 몸이 늙기도 절노
をりよそ　びよん　うふし　ちやらんもみ　ぬるきとちよるろ

＊斯(か)く自然(しぜん)に生(うま)れし身(み)の老(お)ゆるも亦自然(またしぜん)

六、不親이면 無別이오
ふるちにみよん　むびよりよ

三、
사랑이 그 엇덧터냐 둥그더냐 모지더냐
さらんい く をつとつとにや とんくとにや もぢとにや
＊二人の仲はどうだつた 圓か四角か短いか
기더냐 짜르더냐 뼘고남아 몃자나되더냐
きとにや ちよるとにや ばるつこなま みよつちやなてとにや
＊計つて見たら何尺あつた
아마도 끗히업고 한이업네
あまと くついをぶこ はにをぶね
＊いふにいはれぬ深い仲

四、
말은 가자고 울고 님은 잡고 아니놋네
まるん かぢやこうるこ にむんちやふこ あにのつね
＊馬はかへらんとして嘶き 君は袖を引いてはなさない
夕陽은 재를넘고 갈길은 千里로다
そぐやんうん ちシるのむこ かるきるん ちよんりろだ
＊夕陽は落ちて行くては遠い

遊べ遊べ

遊べ遊べ　（九〇）

＊花に十日の紅なし　月も滿つればかくならひ

＊人生は一場の夢　遊ばざるを得ない

人生一場春夢이라　아니놀지는못하리라
いんせんいるちやん　ちゆんもんいら　あにのるちぬん　もつたりら

二、달아 두렷한달아　님의東窓에 빗친달아
たらあ　とりよつはんたら　にむえとんちやんえ　びつちんたらあ

＊月よ明るき月よ　君の窓を照した月よ

님홀노　누엇드냐　어느郞君　품엇드냐
にむほるろ　ぬをつとにや　おぬなんくん　ぷもつとにや

＊君は一人で寢てゐたか　又しは誰かをだいてたか

저달아　본대로일너라　死生決斷
ちよたらあ　ほんてろいるのら　させんきよるたん

＊月よ見たまゝ敎へてよ　わたしや大に覺悟する

詩調

詩調は朝鮮の俗謠中最も高尚なものとせられてゐる元來漢詩を其儘謠つたものであるが漸次朝鮮語を多く用ゐる樣になり其形式は初章中章終章の三節からなつてゐる今日茲ては雜歌ともいふべき比較的卑近のものを採つた

遊べ遊べ

一、

노세〳〵　젊어노세　늙어지면　못노나니
のせ〳〵　ちよるものせ　ぬるこちみよん　もつのなに
＊遊べよ遊べ若き時に　年をとつたら遊べない

花無十日紅이요　달도차면　기우나니
ふちむしびるほんいよ　たるとちやめよん　きうなに

三人友

三、즐거웁던 그노래도 설은눈물노
ちゆるこうぷとん　くのれと　そるんぬーむるろ

*悲(かな)し涙(なみだ)もなつかし謡(うた)も

저바다의 물결에 씌여버리고
ちよぱたえ　むるきよれ　てよぼりこ

*海(うみ)の波間(なみま)に消(き)えうせぬ

옛날의 푸른잔듸가 다시그리워
えツなるえ　ぷるんちやんでか　たしくりを

*思(おも)へば戀(こひ)しあの青芝(あをしば)よ

黃昏에 길이나마 도라가오리
ふあんほね　きりなま　とらかをり

*黃昏(くれ)の道(みち)でも戻(もど)ろうか

*旅の行くてはかぎりなし
*ばらの花にはとげが出來

二、薔薇 꽃 혼 내마음에 가시가 못쳐
ちやんみかツつん ねまうむえ かしかとツちよ

*若き戀はほれたり
이다지도 어린 넉 시들어 졋네
いたちと をりんのツく しとろちよんね

*愛と誓は消え失せて
사랑과 굳은 盟誓 사라진 자취
さらんくわ くづんめんせ さらぢん ちやち

*美し姿に復と來ぬ
무번 다시 되지못할 고흔 내모양
ツとぼん たし てぢもたる こふん ねもやん

三人友

三人友

一、ちなかん く えんなれ ぷるんちやんてえ
지나간 그 옛날에 푸른 잔듸에

＊吁(あゝ)其(そ)の昔(むかし)青芝(あおしば)に

くむる くとん く しちより をんぜいとにや
꿈을 꾸든 그 時節이 언제이더냐

＊夢(ゆめ)見(み)し時(とき)はいつなりし

ぢよによツなる へぬんぢこ なり。ぢよむろ
저녁날 해는지고 날이 저믈어

＊夕陽(ゆうひ)は落(お)ちてたそがるる

なくねゐ かるきり あとくはよよ
나그네의 갈길이 아득하여요

靑天하날에 별도만코
ちよんちよんはなるれ　びよるとまんこ
＊空にはまたゝく星がある

우리네 살임사리에 말도만타
うりね　さりむ　さりえ　まるとまんた
＊浮世にや口說が多くある

新調아리랑曲譜

아리랑 고개로 넘어간다
ありらん こげろ のもかんだ
＊ありらん峠を越えて行く

山川에 草木은 젊어가고
さんちよぬえ ちよもぐん ちよるもかこ
＊野山の草木は若返り

人間의 靑春은 늙어간다
いんかんね ちよんちゆんぬん ぬるこかんだ
＊人の靑春は薄れ行く

四、

아리랑 아리랑 아라리요
ありらん ありらん あらりよ
＊ありらん ありらん あらりよ

아리랑 고개로 넘어간다
ありらん こげろ のもかんだ
＊ありらん峠を越えて行く

二、ありらん（아리랑） ありらん（아리랑） あらりよ（아라리요）

＊ありらん ありらん あらりよ

ありらん（아리랑） こげろ（고개로） のもかんだ（넘어간다）

＊ありらん峠（とうげ）を越（こ）えて行（ゆ）く

豊年（이）ぷんによに をんだね（온다네） 豊年（이）ぷんによに をんだね（온다네）

＊豊年（ほうねん）だ 萬作（まんさく）だ

이江山 いかんさん 三千里에 さむちよんりえ 豊年이 ぷんによにい をんだね（온다네）

＊國中（くにぢう）何處（どこ）でも豊年（ほうねん）だ

三、ありらん（아리랑） ありらん（아리랑） あらりよ（아라리요）

＊ありらん ありらん あらりよ

新調아리랑曲譜　（八二）

아리랑（あ り らん）（*印ハ譯義）

一、ありらん　ありらん　あらりよ
아리랑　아리랑　아라리요

*ありらん　ありらん　あらりよ

ありらん　こげろ　のもかんだ
아리랑　고개로　넘어간다

*ありらん峠（とうげ）を越（こ）えて行（ゆ）く

なるぼりこ　かぬん　にむん
나를버리고　가는　님은

*妾（わたし）を捨（す）てゝ去（さ）る君（きみ）は

しむにと　もつかそ　ばるビよん　なんね
十里도　못가서　발병　나네

*一里（り）も行（ゆ）けず足（あし）を傷（いた）める

新調아리랑曲譜

朝鮮の歌

新調아리랑（ありらん）

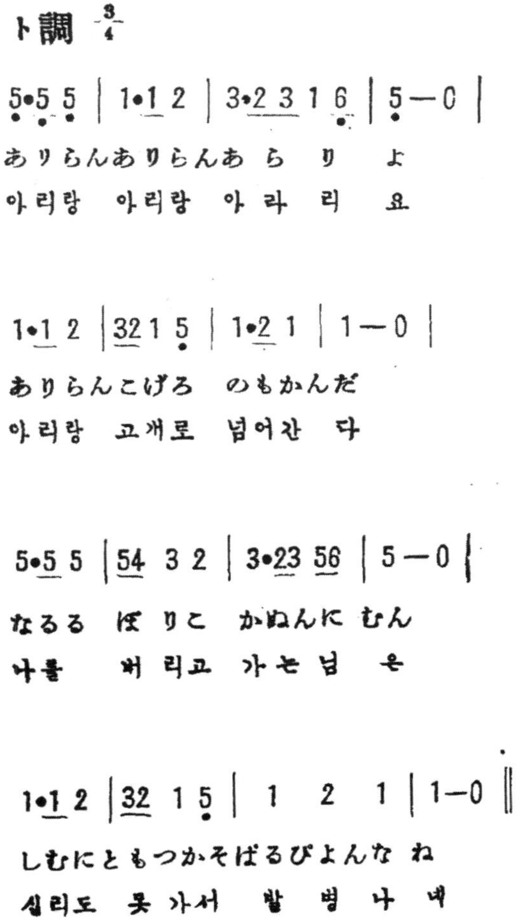

ト調 $\frac{3}{4}$

5•5 5 | 1•1 2 | 3•2 3 1 6 | 5 — 0 |

ありらんありらんあ ら り よ

아리랑 아리랑 아 라 리 요

1•1 2 | 32 1 5 | 1•2 1 | 1 — 0 |

ありらんこげろ のもかんだ

아리랑 고개로 넘어간 다

5•5 5 | 54 3 2 | 3•23 56 | 5 — 0 |

なるる ぼりこ かぬんに むん

나를 버리고 가는 님 은

1•1 2 | 32 1 5 | 1 2 1 | 1—0 ‖

しむにともつかそばるぴよんな ね

십리도 못가서 발 병 나 네

（八一）

都々逸

平壌名物數々あれど味のよいのは栗と肉
色は黒ふてもあの無煙炭白い御砂糖を嫁に持つ
平壌妓生と南浦の苹果共に本場で名が高い
かよわい腕で織り出す絹布末は御主の肌につく
素通しやんすな平壌驛を化粧して待つ牡丹臺
化粧すましてすらりと立つた花の姿の牡丹臺
行けや平南堀り出せ寶西も東も炭の山

都々逸

水は豊かに咸南平野百萬石の米の里

咸南寶庫のあの山地林棟梁の材が二億石

柄は友仙地は咸南の繭で紬いだ晴れ姿

金波銀波に鰯が踊る浦は咸南大漁旗

山にや水電磯には窒素咸南自慢の大工業

海の彼方に嘶く牛は土産〳〵で持ちきれぬ

咸南好いとこ一度はござれ咸南育ちか懐しや

釜山節（歌詞）

一、釜山ナー
　釜山良いとこ玄海灘越えて
　渡る燕の初の宿
　テバ、スイトスイ

二、釜山ナー
　釜山良いとこ世界の旅の
　船と汽車との縁つなぐ
　テバ、スイトスイ

三、船はナー
　船は出て行く玄海灘指して
　内地歸りが懷かしや
　テバ、スイトスイ

（二）

四、道は二千里　なめらかに
　鐵道航路は　二千哩
　　何で全南忘らりよか

五、初等學校　二百七十
　中等學校が　十と七
　　何で全南忘れらりよか

六、男女合せて　二百二十萬
　日本中で　八番目
　　何で全南忘らりよか

全南行進曲

（道頓堀行進譜にて）

（一）

一、ラララララ　ラララララー　全羅南道
山は青いし　野は廣いし
何で全南忘られよか

二、畑の棉花は　日本一
海のお海苔も　日本一
何で全南忘られよか

三、赤い椿に　青い竹
白い米繭　朝鮮一
何で全南忘られよか

大邱名物

（七五）

鴨池に水清く　石窟庵の石ぼとけ　古りし都ぞなつかしき　今は平原
開けつゝ　五風十雨に米みのり美味のリンゴも實を結ぶ　農産集まる
大都會　商工日々に繁榮し　いらか年々數を增す　地の利人の和並び
得て　南鮮一の賑さ　ああうれし
『鳥も通はぬ玄海を　唯一睡の夢の間に　渡れば茲も天津日の　惠みも
深く民草の　おひ茂るなり隔てなく　君が代祝へ諸共に　榮ゆる御代
こそ　目出度けれ

大邱名物（新羅跡）

『そもさても大邱は　遠き神代の昔より　彌榮の地なれば　たづねとひ來る人の數

見る目もよしと眺むるは昔の關の名にし負ふ、達城公園春は花秋は紅、葉の色さえて　面白の旅路やな　新羅の跡をたづねん

『枝も鳴らさぬ鷄林の　茂みにつらなる王陵や　瞻星臺の影うつす　雁

豆滿江節（鴨綠江節と同譜）

一、別れ來て暮せば咸北　住良い所早く呼びませう　アラ　此の秋は　ヨイショ　二人手に手を　ヨ　取り交し朱乙の　マタ　溫泉に紅葉狩　チヨイ〳〵

二、咸北の波打つ磯は魚の山　陸にや石炭　アラ　原始林　ヨイショ　御代の榮を　ヨ　壽きて　ヨ　黃金　マタ　ただよう稻の波　チヨイ〳〵

三、豆滿江流す筏はよけれども　雪や氷に　アラ　とゞされて　ヨイショ
『オイソリヤ昔の話だよ　今じや咸北線が全通して京城からタツタ二十餘時間だ　行つて見よ山には太古の大森林、　海には魚類の大豐漁
ワケテ石炭は無盡藏だ』
道は開けたヨ　アラ　夜は明けたよ來れよ　マタ　吾友咸北に　チヨイ〳〵

鴨綠江節（金剛山）

秋

山や山ヨイショ谷また谷の金剛山 包つゝむもみぢもヨくれなゐに ヨイショ 行き交ふ人の ヨ 顔さへも ヨ 秋は
マタ 一しほ色まさる チョイ〳〵

冬

冬來ればヨイショ眞白に裝ふ金剛の峰を尋ぬる アラ 人もなき ヨイショ
出湯の宿に ヨ 悠々と ヨ ひびく
マタ 神溪寺の暮の鍾 チョイ〳〵

鴨綠江節（金剛山）

金剛山（四季）

春

金剛山　ヨイショ　峰の白雪　今日溶け
そめて　晴れて嬉しき　アラ　春の空
ヨイショ　溪間に薫るヨ　木蓮もヨ　時
をマタ　得顔にみだれ咲きチョイ〳〵

夏

金剛山　ヨイショ　夏は谷々　瀧しぶ
き　思はずぬるるアラ　旅ごろもヨイ
ショ　ほすひまもなきヨ　綠蔭のヨ　岸
にマタ　ほほ笑む百合の花　チョイ〳〵

鴨緑江節（全南の海苔）

全南の海苔

一、爽かにヨイショ明け行く朝鮮南の端の　此處は東洋で隱れなき　ヨイシ
ヨ　全南海苔のヨ　名產地　ヨ　年產　マタ　三億有餘枚　チヨイ〳〵

一、全南で　ヨイショ海苔の主產地は莞島に高興長　興康津海南光陽建てし
海苔ヒビ　ヨ　涯しなく　ヨ　海苔摘む　マタ　乙女の賑かさ　チヨイ〳〵

一、朝鮮のヨイショ姿しやすし海苔香味がよくて肌の黑みも持前よ　ヨイシ
ヨ　朝な夕餐のヨ　供添えて　ヨ　幾久しく御ヒーキ賴みます　チヨイ〳〵

○見やしやんせ國境平北名物名所
金に木材米に牛
古戰場探れば統軍亭
鐵橋渡れば南滿州

○雲をつく平安北道の森林は
朝鮮一の大寶庫
流す筏はアリナレの
風情を添へる繪卷物

鴨綠江節(平北節)

(六九)

鴨綠江節

×

アリヤランの　長皷の音に船は行く　唄ふは花の妓生よ
都々逸「灘の銘酒は昔の事よ今や平壤生一本」見上ぐる清流亭の月清く
廻る　マタ　綾羅島の糸柳　チョイ〳〵

×

新世帶、煉炭かまどで炊いた御飯
夫ノ詞「オイ今晩の栗御飯大變おいしいネ」
夫ノ詞「お米は平南米それに平壤栗を入れましたの」
おかずは鋤焼よ平壤肉よ　食後にや　マタ　おいしい南浦のリンゴ　チョイ
〳〵

鴨緑江節

一、新世帯 ヨイショ 馴れぬ竈で勝手が知れぬ 叱らず敎へて アラ 頂戴な ヨイショ 勤め上りとね アラ 知りながら ヨ ほんとに マタ 貴方は罪な人 チョイ〱

×

一、京城で ヨイショ 春の景色は奬忠壇 夏は漢江の アラ 涼み舟 ヨイショ 秋は南山の アラ 紅葉狩 ヨ 冬は マタ 北漢山の雪景色 チョイ〱

×

一、朝鮮語 ヨイショ もし〱여보〱 당신は貴方 아바지어머니は アラ 父と母 ヨイショ 긔싱 藝者で총가は子供ヨ いやな マタ お客は안된손님 チョイ〱

鴨綠江節

（六六）

一、唯見れば　ヨイシヨ　何んの苦もない筏乘　片手に小手摺　アラ　波の上　ヨイシヨ　後先見廻し　ヨ　アラ　摺を取る　ヨ　チヨツコン　マタ　油斷すりや岩の角　チヨイ〳〵

×

一、筏節　ヨイシヨ　唄ひながらに瀬を越せば　谿の鶯　アラ　連れて鳴く　ヨイシヨ　筏は矢のやうに　ヨ　下るほど　ヨ　戀しき　マタ　新義州に近くなる　チヨイ〳〵

×

一、鳥ならば　ヨイシヨ　飛んで行きたや彼の家の屋根に　木の實茅の實　アラ　食べてでも　ヨイシヨ　焦れて泣く聲　ヨ　アラ　聞かせたら　ヨ　よもや　マタ　見捨てはなさるまい　チヨイ〳〵

朝鮮情緒

鴨綠江節

×

一、朝鮮でヨイショ 一番高いのは白頭山
峰の白雪アラ 解くるともヨイショ
解はせぬぞへ アラ 私が胸よ
夜毎にマタお前の夢ばかりチヨイ〳〵

×

一、長白山でヨイショ 浮世離れて育つた
わたし
今は切られて アラ 筏船ヨイショ
淵に漂ひ ヨ アラ瀬に揉まれ ヨ 流れ
てマタ流れて鴨綠江 チヨイ〳〵

鴨綠江節

一、朝鮮と ヨイショ 支那と境の鴨綠江
流す筏は アラ よけれども ヨイショ
雪や氷に ヨ 鎖されて ヨ 明日は マタ
新義州に着きかねる チョイ〱

×

一、朝鮮と ヨイショ 支那と境の鴨綠江
架けし鐵橋は アラ 東洋一 ヨイショ
十字に開けば ヨ アラ眞帆方帆 ヨ
行き交ふ マタ 戎克の賑かさ チョイ〱

鴨綠江節

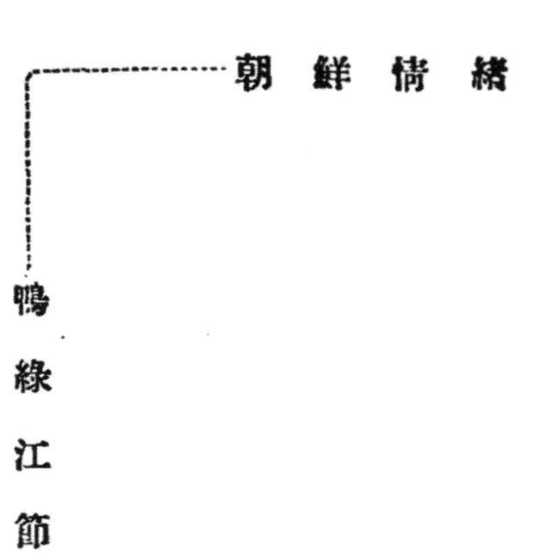

（六三）

平壤名物節

一、平壤よいとこノーエー名所が多てノーエー
　　四季のサイ／＼眺は朝鮮唯一

二、人口十萬ノーエー工業盛でノーエー
　　出來るサイ／＼產物數々御座る

三、黒い石炭ノーエー白い砂糖にノーエー
　　セメント製粉鐵工鑄物にスレート加工品

四、絹織豐富でノーエー其の名も高いがノーエー
　　德川亢羅に成川紬に七色官紗

五、食料品ではノーエー平壤牛肉ノーエー
　　燒肉罐詰平壤栗には南浦の苹果

六、米は優良でノーエー醸る御酒はノーエー
　　金千代喜久松睦月一萬餘石

一、日本名物ノーエ日本梅干ノーエ
海苔すしざる蕎麥　藝者に疊
歌は磯節喇叭節

×

一、山は富士山ノーエ河は利根川ノーエ
佛はならの大佛　名高き
瀑布は日光の華嚴瀧

×

朝鮮名物及日本名物

一、朝鮮名物ノーエ朝鮮人蔘ノーエ
　飴サリ　虎狩　温突　妓生
　歌はアリラン　タンバグヤ

×

一、山は金剛山ノーエ河は大同江ノーエ
　筏流しで名高い大河は
　支那と境の鴨綠江

平南の歌

一　樂浪文化の花咲きて　幾千星霜年を經し
　　神秘の大河大同江

二　清き流れにのぞめるは　姿雄々しく明媚なる
　　松と櫻の牡丹臺

三　綠の中にそゝり立つ　乙密臺の涼風に
　　見下す絶景夏知らず

四　嗚呼月澄みて風清き　雅の都平壤に
　　歌ふ麗人妓生を

五　空には飛行機勇ましく　西は良港鎭南浦
　　東寺洞の無煙炭

六　此のうるはしき地の上に　新進平南産業の
　　若き命は育ち行く

平南産業の歌

六　わけて埋藏六億噸　東洋一の名によりて
廣く知らるゝ無煙炭

七　雪ともまがふ甜菜糖　妓生の舞の袂にも
それと知らるゝ亢羅織

八　丸々くみのる平壤栗　林檎の本場は鎭南浦
牛は東洋で名も高し

九　セメント鐵や鐵鑄物　天産物の豐富さは
求めて盡きぬ大寶庫

十　大同江の水運と　地の利と人の和をかりて
拓け此の富此の寶

平南産業の歌

一　茲は西鮮平壤府　空にそびゆる煙突は
工業都市の誇りなり

二　人口今や十餘萬　朝鮮第二の大都會
古き歴史と清き水

三　二千の昔偲ぶなる　樂浪古墳に今も尚ほ
文化の跡を夢むかな

四　風さつ〳〵の牡丹臺　我が日の本の武夫が
いさほのこせし玄武門

五　時勢は移り今は早　産業都市とあらたまり
營む生産數しれず

國境節（平北の歌）

四、流れつきせぬ鴨綠江
　水もゆたかに二百餘里
　流す筏の數知れず

五、五風十雨に惠まれて
　沃野は廣し九萬町
　秋は黃金の波をうつ

六、來れ國境空晴れて
　流るゝ水のいと淸く
　民の心も安らけし

平北の歌

一、此處は朝鮮平北道
廣袤一千九百方里
拓くにあまる大富源

二、東洋一の大鐵橋
架けし都ぞ新義州
新興の意氣や漲れり

三、雪に輝く白頭山
蜿蜒續く幾百里
金銀黑鉛無盡藏

國境節（大田節）

六
二里を隔てぬ儒城には
ラジウム靈泉名も高く
全鮮人士の休養地

七
春は櫻の龍頭公園
寶文山の夏の月
秋は紅葉の鷄龍山

八
ほんに良い所大田は
住めば住む程よい都
全鮮一の健康地

三　今や人口二萬餘人
　官衙軍隊中學校
　　テニスで名高い高女校

四　製絲工場や乾繭所
　雲間に聳ゆる煙突は
　　繭の大田を物語る

五　殊に名高い促成の
　蔬菜は全鮮各都市に
　　積出す其數二萬箱

國境節（大田節）

大田節

一 京釜鐵道の開通と
共に開けた新都會
其名もぐれーと大田市

二 湖南沃野に鐵道が
延び行く様に發展し
茲に星霜二十五年

三、潮流寒暖時を得て
　天津惠みもいと深く
　　魚藻の寶庫と稱えらる

四、重要水族八十餘種
　年産今や二千萬圓
　　漁る海人の勇ましさ

五、實に朝鮮の大寶庫
　いざ〳〵來れ諸共に
　　開け全南海の庫

國境節（水産の全南）

（五一）

國境節（水產の全南）

水產の全南

一、爰は古へ高麗の
其の名も高き海陽道
星と列らなる多島海

二、島は一千七百餘
海岸線もいと長く
延長四千百哩

クリスタルの歌

一、醉はして聞いたは其の昔
醉ふて苦勞さすネーあなた
妾が惡いか主しや良いか

二、醉覺ならば水を召せ
水はきらいじやどんな水
朝鮮藥水クリスタル

三、佛蘭西ヴイシー平野水
とても及ばぬクリスタル
精の力も增すときく

四、さー召上れクリスタル
天然炭酸クリスタル
そして元氣でお働き

國境節（朝鮮產業の歌）

三、鴨綠江と圖們江
　沿うて森林幾百里
　　流す筏の數しれず

四、春は櫻の牡丹臺
　　秋は紅葉の金剛山
　　　花の妓生誰を待つ

五、山河に滿つる大富源
　　拓け身のため國のため
　　　努めよ同胞二千萬

朝鮮産業の歌

一、關釜連絡八時間
　着けば朝鮮空晴れて
　沃野連る十三道

二、米に大豆に明太魚
　黒き石炭白き綿
　黄白交へた繭の山

國境警備の歌

三、勤むる吾々同胞の
　安き夢だに結び得ぬ
　警備の辛苦誰か知る

四、河を渡りて襲ひ來る
　不逞の輩の不意打に
　妻も銃とり應戰す

五、虎は死しても皮とゞめ
　人は死しても名を殘す
　朝鮮統治の其が爲に

國境警備の歌

一、ここは朝鮮北端の
二百里あまりの鴨綠江
渡れば廣漠南滿洲

二、極寒零下三十餘度
卯月の半ばに雪消えぬ
夏は水沸く百と餘度

國境節

朝鮮の遊女

（四二）

あり男を社長と稱し、女を社堂と稱し堂を構へて夫々念佛に專念してゐたが、之等無職者の男女が一團を組織して諸寺を遊行し、女子は僧人と關係して生活資料を得る樣になり、之が漸次發展して各地を廻る樣になり果ては俗歌を謠ひ、一寸とした手品や踊に類したものをして觀衆の投錢を待ち、夜は枕を薦めて花債を得る樣になつた、花債とは解衣債ともいひ日本語の花代であることはいふ迄もない。

彼女等は歌を謠ひ技を演ずる際に觀衆が錢を口に銜へて居れば女社堂牌は口を以て之を受けた、之が彼女等の接吻法であつたのである。

俗間に傳へられてゐる女社堂牌の起源は京畿道安城郡の青龍寺が其の本源地であつて、寺の奴婢であると言はれてゐる、李朝時代女社堂の弊を見て度々之に彈壓を加へこともあるたが現在では殆んど無くなつてしまつた、しかし唯今も旅役者の一團にはこの女社堂牌の俤を殘してゐる。

女社堂自嘆歌

私の兩手は戸の把手、甲も握れば乙もとる。
私の口は杯か、甲もなめれば乙もなめる。
私のお腹は渡舟、甲も乘れば乙も乘る。

る様になつて酒家も發達し女を置いて客を招くことになつた。

朝鮮の田舍では多く居酒屋と宿屋とを兼ねてゐる、之を酒幕といひ、京城では立飲屋（普通酌婦の居ない居酒屋）と色酒家（酌婦を置いてゐる酒家）の二種類があり、宿屋料理店は之等と何等關係なく全々別個のものである。

朝鮮の酒店は酒代を取るけれども肴代はとらない、色酒家の女は内地の飲食店小料理屋の酌婦に當るものであるが、其の賣笑行爲は官憲は勿論店主も之を認めてゐない、又女自身も賣淫はしない、從つて幾何といつた樣な取引が行はれるならば色酒家ではなく其は蝎甫でありミルカルである、彼等は賣淫はしないが誰とでも情意投合をやる、しかも之が賣淫でないといふことは一寸内地人には解せない朝鮮特有の社界習慣である。

女社堂牌――社堂牌といふ語は元來佛教信者の團體名である、牌は組又は團の意義に用ゐられてゐるから女社堂牌といへば女人講といつた意味であるが女人講が遊女の部に入られるとは抑も如何なる理由であるか。

社堂の起原は今の京城パコダ公園に在つた圓覺寺を中心とする善男善女の團體で

朝鮮の遊女 (四〇)

等の女を蝎甫と稱へることがある、しかし之は公娼ではない、朝鮮の田舍で遊廓のない地の料理店等で檢黴制度を受ける女がある、之を規則では酌婦と稱してゐるが娼妓と何等異る所はない。

花郎遊女——花郎遊女は李朝成宗三年京畿道陽成郡に始めて起つた賣笑婦で、其の後全道に蔓り遊女といひ又は花郎と稱へた。一時官憲の嚴しき取締があり、良家の女も僧尼も禁を犯すものは盡く罪一等を加へ之を奴婢としたので、この歷史的の花郎遊女は跡を絕つたけれども密賣淫は決して絕滅しなかつた、今日では此の種の女をカルボ又はミルカルと稱へてゐる。

色酒家——高麗朝肅宗九年諸州縣に命じて米穀を給し酒食店を開業せしめた之が酒屋業の初めである、色酒家とは女を用ゐて酒を販賣する店を指すのであるが引いて其の酒家にゐる酌婦を意味することになつた。

肅宗時代に酒食店は創始せられたが高麗朝でも、李朝に於ても貿易の資として錢を用ゐた時代が少なかつたから普通旅行の時の樣に米麥を持參して酒食店へ通ふことも出來ず、自然酒家はあまり發達を見なかつたが、李朝の孝宗以後錢を用ゆである、自然隱君子は公認されてゐない妓生の老妓であると考へれば大體の誤はない、そして信用ある人の紹介がなければ絶對客には接しないところに隱君子の隱君子たる所以がある。

搭仰謀利——**三牌**——搭仰謀利は大正藝者又は昭和藝者とでもいふべきもので妓生でもなく普通の賣笑婦でもない一種の遊女であつて韓國時代には三牌といひ三牌の居る家を賞花室と稱へてゐた、光武年間に時の警務使が京城南部詩洞（今の水標町）を三牌の居住區域と定めたが併合後新彰組合を創立して之等の三牌も妓生と稱へる樣になり三牌の名は永久に亡くなつてしまつた。

公娼——韓國時代には公娼制度はなかつた、併合後内地同樣の公娼制度が認められ現に京城では新町遊廓の一部、並木町、四軒町、龍山桃山遊廓附近の大島町邊に居を構へ檢黴を受けて營業してゐる。朝鮮人は娼妓又は娼女といひ、内地人は普通蝎甫と稱へてゐる。蝎甫の意義は前述の通り遊女の總稱であつて之等の女を蝎甫といふのは當つてゐない。朝鮮の田舍には居酒屋と宿屋とを兼ねた家に「酒幕」といふのがある、酒幕で客の給仕をし賣笑行爲あるものた地方によつては鮮人間でも之

妓生の券番と置屋＝＝元來妓生の社會には券番の制度もなく、又置屋又は「やかた」の制もない、妓生は何れも一戸を構へて自宅にゐるものである、自宅には母又は妹等と同居してゐるものある、大概使用人を置き、客があれば自宅へ案内する否客の方から信用あり確實なる人の紹介によつて豫め時間を通知しておいて、訪問するのが本則で、出先や旅館等で警察の厄介になる様なものは何れも不見轉妓生である、券番の制度は今より十餘年前に伯爵宋秉畯の慫慂で内地の制度を其儘とり入れたものであるが、今日では舞衣や樂器を準備するのみでなく妓生の前借資金さへ調達するまでに進展してゐる。

隱君子＝＝殷勤子＝＝二牌＝＝隱君子は内地の所謂高等内侍に似て非なるものである、韓國時代には二牌と稱へてゐた、多くは妓生出身であるが、其の經路は妓生より妾へ、妾より隱君子にといつたものが多い、近時都會熱に浮かれて京城に來た女學生中、學資の關係や、墮落して此の社會に陷つたものも少くない、朝鮮の妓生社界は内地の藝妓社界と異り二十五六歲以上のものは殆んど妓生として存在を許さない、從つて一度落籍されて妾となり、妾の關係が絕たれた際、上記の樣な年齡關係から二度の勤めに出ることが出來ないのである、之が隱君子の發生した事情

朝鮮の遊女

官廳の妓生は官妓と稱し、言ば一種の役人であり、町家の妓生もこの官妓を標準として夫々の妓藝の修養を經たものであるから、彼女等の氣位といふものは非常に高い、先年鎭南浦に於て車夫が失禮な言葉を用ゐたことが妓生の激怒を買ひ遂に人力車の不乘同盟となり、世界勞働爭議史上に前代未聞の記錄を殘したことがある

妓生は唯に氣位が高いのみでなく朝鮮の習慣として、あまりきわどいとは口にしないことになつてゐるので、內地人が酒席とは言ひ條藝妓に對する樣な不躾な言葉をなげかけるのに對し彼女等は隨分內心に憤慨してゐる、藝妓は普通三味と歌と踊とを習ふが妓生の用ふる樂器は長鼓のみであるから歌舞さへ出來ればよいのであるそれに詩文書畫が出來れば上乘のものとせられたものであるが、近頃は多少容色が勝れ雜歌の一つも謠ふことが出來れば直に妓生と稱して客席に侍る樣になつた、現に京城の妓生中、妓生としての藝道に達してゐるものは僅に百五十人位のものである、唯彼等の藝道上怨すべき點は朝鮮にゐる內地人藝妓は朝鮮の藝道に無關心であるにかゝはらず彼女等は日本國語を習ひ、內地の歌の二つ三つ位を心得なければ一流妓生となり、賣れつ子になることのできない事情にあることである。

朝鮮の遊女

蝎甫の意義――朝鮮では遊女を總稱して「蝎甫」といつてゐる、蝎が人血を吸ひ人を惱ますところから生じた言葉であることはいふ迄もない、内地人は動もすると蝎甫といへば下等なる賣笑婦の固有名詞であるかの樣に解してゐるのは當らない。

朝鮮に於ける遊女の種類には妓生、隱君子(殷勤子)、搭仰謀利、公娼、花娘遊女、女社堂牌、色酒家等があり、韓國時代には京城の遊女は之を三階級に分ち一牌(妓生)、二牌(隱君子)、三牌(搭仰謀利)と稱へてゐたものである。

朝鮮遊女の種類

妓生――**一牌**――妓生は各郡の官妓を選拔して宮中に採用し、歌舞を教へて女樂(女の樂人)に用ゐたものであるが、社會の變遷に伴つて官廳の宴會、社會の交際裡に缺くべからざるものとなり、良家の婦女も教坊に入つて歌舞を習つて官廳に奉公するものが出來、又家に在つて客に接する樣になつたものである。

理由であり、又各郡に妓生を置くに至つたのは明使、清使、時には倭使の接待といふことを名目とし、次第に全鮮各府郡に普及したものである、斯くて宮中の諸大臣が妓を宮門の大路に携へて太平の氣象を誇り、攻學の儒生が文廟の齋舍に之を伴つて風流韻事と心得るに至つて妓生は實に全盛の極に達し、官妓の外に町家にも妓生の數は次第に增す樣になつた、是等は獨り京城のみならず平壤、松都、安東、晋州、宣川、咸興、永興、江陵、濟州、義州、北青、海州、安岳、扶安、江界、羅州、南原、槐山、陽德等の地方に於ても後世迄嬌名を謳はる名妓が輩出するに至つた。

李朝の妓生

李朝に於ては高麗朝の制に倣つて宮中に妓を置き女樂となし、諸種の宴會に用ゐた、而して其等の妓は各郡より選抜して宮中の樂院に隷屬せしめ之に歌舞を練習せしめたものである。

所が女樂の弊が漸く浸潤するに及んで、時には女樂に代へるに男樂を以てしたことがあり、時には廢妓の大議論が宮中の大官連の間に起つたこともあつたが、理論と實際とは必ずしも並行せず、事實に於ては宮中にも地方廳にも妓生は依然として存在してゐたのである。

併しながら李朝時代には時に廢妓論が擡頭する位であつたから妓を置くにも官僚式に表面の理由は堂々と揚げられてあつた、即ち婦人の醫務に從事するものを醫女と稱し、裁縫の事務を司るものを針婢と名付け各々妓を兼務せしめた、從つて醫女を藥房妓生、針婢を尙房妓生と稱へ、妓生社會では之等を第一流のものとしてゐた。

又邊郡に妓生を置くことにしたのは僻陬地の將士を慰安するといふことが表面の

見られてゐるが、文字通り堂々たる學校である、現在は三學級組織で修業年限は三年、修身、國語、詩文、圖畫、舞踊が必修科目であり、單に朝鮮の歌舞のみならず內地の歌や洋樂まで敎へてゐる。

話は元に戻るが敎坊を置いて歌舞を習はしめた迄はよかつたが其の弊も漸次深くなり高麗八世顯宗王の時には敎坊の廢止を命じた、併し事實は仲々廢絕しなかつたものと見え第十一代文宗王の時には敎坊の女弟子を燃燈會に招いた記錄があり、二十四代の忠烈王は各州郡の妓を選拔して敎坊の充實を圖つたことが高麗史に見えてゐる、之に依れば妓生は高麗朝の初期に初り高麗朝時代に非常なる發達を遂げ、其の制は李朝に引繼き以て現今に至つたものである。

業とするもの）が倔強にして制御し難かつたので之を各官に隷屬せしめ、男子は奴とし、女子は婢となし、婢の中でも容色美しきものは之を妓として歌舞を習はしめた、之が高麗女樂の始りであり又妓生の起原である。

教坊

支那流の禮樂射御書數が宮中に重んぜられた結果諸種の儀式に樂の重用されたことは勿論であり、男樂の外に女樂をも置くことになつたのである、當時女樂の爲めに歌舞を教へる所を教坊と稱した、教坊の事務は李朝時代には樂院に屬したこともあるが教坊として獨立してゐたこともある、今のパゴダ公園にあつた圓覺寺は李朝十世燕山君のときに教坊とし聯常院と稱したこともあつた。兎に角併合前迄其の名が存してゐたものである。

平壤の妓生學校

今日の平壤にある妓生學校は實に昔の教坊に當るものである。

昔の教坊に相當する今の平壤妓生學校の存在は世間の人からは驚異の眼を以て

妓生の歴史

新羅時代の娼女

妓生の起原は古く新羅時代にあつた様に諸種の案内書等に記されてゐるが、之は三國史記の新羅本紀に「第二十四世眞興王の三十七年春始めて源花を奉る」とあり、更に「美貌の男子を粧飾して郎花と名付け奉る」とある所から源花は今の妓生であり、花郎は今の美童であるとするものであるが、之を以て直に妓生の起りであると斷ずるは聊か早計の嫌がある、是等は單に國王に美女及美男を獻じたものと解するのが妥當ではあるまいか、併し老間集や東國輿地勝覽の慶州佛宇の條に新羅で有名な學者金庾信が幼時甚だ不品行であつたのを其の母が切諫する所の記事がある、其れに依ると此時代既に娼女及淫坊のあつたことが明記せられてゐる。

妓生の起原と高麗の女樂

高麗の太祖が三韓を統一するや百濟の遺民中水尺の一族（水尺とは漁夫、船頭を

妓生の舞（三〇）

空清雅局（樂名）と唐より傳はつた步虛子（樂名）とを採つて雅樂を編成し、この樂に合せ舞ふことになつたものである。

高句麗舞　この舞は古く高句麗東明王の代に創始せられたもので、唐の時代には支那に於ても盛に行はれたものである。李朝になつて 純祖王の世子が親ら古譜を按じて之を作製し宮中の宴に用ゐたものである。

寶生舞　この舞は李朝純祖王の世子が、唐時代に行はれた彩毬を壺に投げ入れる投壺といふ遊戯に倣つて作つたもので 爾來宮世の宴に用ゐられたものである。

撲蝶舞　李朝純祖王の世子の作られたもので、唐時代に蝶の模樣ある洋傘樣のものを用ふる撲蝶傘といふ舞に模したもので 宮中宴に用ゐられたものである。

の王業は年一年と榮えた、即ち周の鳳凰と朝鮮の六龍とは其の瑞祥たるに於て同一であるところから世宗の時から鳳來儀の舞を屢々宮中の宴會に用ゐることになつた。

抛毬樂＝抛毱樂

新羅時代海州の李愼といふ者が或る夜水宮に入り宮女等が毱戯を行つてゐるのを夢みた、其の後宋の山陽の人蔡純なるものが此の夢物語を骨子として抛毱舞といふ舞を作つた、當時宋の敎坊では盛にこの舞を演じた。

朝鮮では高麗朝文宗王の時敎坊の女弟子で楚英といふものが宋の抛毱曲に倣つて抛毱樂といふ舞を作つた、爾來今日に傳はつたものである。

長生寶宴之舞

この舞は高麗朝の中葉頃から行はれた法舞（宮中に用ゐられた舞のこと）の一種であつて李朝世祖の時崔致遠の作つた碧

歳の新羅の兒童黃昌郎は深く期する所あつて敵國たる百濟の都に入り込み鄕樂の劍舞を三日間街路で舞つた、所が之が忽ち物見高い都の評判となり觀覽者は每日堵の如く集り、遂にはこの評判が宮中迄もきこえ百濟王は一日黃昌郎を宮中に召入れて評判の劍舞を御覽になつた、舞が酣になつたとき黃昌郎は王の側に近寄ると見たが忽ち彼は手にせる劍を逆にして王を刺し殺してしまつた。後世此の忠誠を欽慕し、新羅鄕樂の劍舞を想像創作し之を今日に傳來したものである。

鳳來儀　昔周の武王のとき鳳凰が岐山で鳴いてから周の王業は八百年の永きに續いた、當時この瑞祥に基いて鳳來儀といふ舞を創作した。朝鮮では李朝の始祖太宗のときに六龍が咸北の慶興に飛んでから李朝芝居を演ずるは此に起原し、この舞は禪師が魔風を容れた 右の事實を舞踊化したものである。思へば妓生が打つ太鼓は 臨濟宗の太鼓の打方と殆んど同一ではないか。

劍舞 昔の武人姿の妓生二人、四人又は八人にて舞ふものであるが、韓國時代には民間では四人以上で舞ふことを禁じてゐた。

舞初めは素手であるが、後ちほどには劍を兩手に持ち次第に運動が活潑になり妓生の舞中最も活潑なる舞である。舞ふ姿が 燕の飛ぶに似てゐるところから之を燕風態と稱してゐる、この舞には歌は入れない。

元來この劍舞は 新羅の鄕樂中にあつたものであるが、常に敵對狀態にあつた新羅と百濟とは 國民の神經を彌が上に尖らせてゐた、當時僅か八

黄眞伊は漸く岩をも透す、女の一念は當世隨一の妓生、そこは當世隨一の妓生、あつたが、

あつたが、そこは當世隨一の妓生、女の一念は岩をも透す、黄眞伊は漸くにして一夜の宿を借りることに成功した。

が禪師は趺坐只管讀經に餘念がなかつた、狸寐入の黄眞伊が禪師の擧動如何を覗がうとき讀經の聲は

「若し淫慾多からんときは常に觀世音菩薩を恭敬すれば便ち之を離るゝことを得」といふ普門品の一節！

知足禪師は何の必要あつて此の經を誦したか、この聲を小耳に挿んだ黄眞伊はニヤリと得意の笑を浮べた。

×　×　×　×

時の諸僧は知足禪師の破戒を妄釋と嘲けつた。今も卯月八日に妄釋の

單調な宮廷事務に倦んだ官人や一代の富裕を誇る若人が 權勢と金力を以て此の絶世の美花を掌中に入れんとしたのは 固より想像に難くないのである。

黃眞伊が自己の容色を資本として男性への征服慾を 恣にしてをる中、日月は幾度も流れ、男性操縱の技巧が一段とさへたとき 此の世の男といふ男は彼女の前には 意氣地なき一種の奴隷としか見えなかつた、斯くて得意絶頂に達した彼女にも 淡き反面の不足があつた、かうした思は最後に一世の信望を集むる知足禪師に自分の持つ美の力を試むことになり、一口禪師を訪ねて法話を聽かんことを申入れた。

流石は一世の高僧 忽ち彼女の眞意を見破つて體よくは ねつけたので

妓生の舞

北の方開城に都を奠めてから二百五十年の歳月が流れた、朝鮮佛教史を繰るまでもなく當時は佛教の最も盛んな時代で名僧も從つて多く輩出した王都幾千の僧侶中知足禪師といへば當代切つての高僧として其の名を知らぬ者はなかつた

妓生の僧舞

黄眞伊は當時開城に嬌名を謡はれた妓生の随一であつた。

舞鼓と名命した。昔は一個の太鼓を中心として 四人の妓生が舞つたのであるが 最近四面に四個の太鼓を吊し各一人が一鼓を打つことに改め名も四鼓舞と稱するやうになつた、此の舞は歌がなく唯舞ふだけであるが翩々然として双蝶花を繞り、矯々然として二龍珠を爭ふが如く舞中の奇を以て稱せられてゐる。

僧舞 この舞は一人、二人又は四人の妓生によつて舞れるものであるが最初は無手で、後ほどになると兩手にばちを握り太鼓を打つゝ舞ふ、妓生の黑衣は墨染の法衣に當り三角型の頭巾は僧侶の沙彌帽をかたどり、赤色のたすきは袈裟に當るものである。

高麗朝の始祖太祖が半島統一の偉業を遂げで 京城を距る汽車一時間半

（二二）

妓生の舞

春鶯舞　昔唐の高宗は鶯の音を聽いて樂師白明達に命じ、春鶯舞を作らしめた。之が朝鮮に傳つて多少の變化はあるが今日の春鶯舞となつてゐるが李朝純祖の世子が自ら作られたものである。春の和かき日に鶯の鳴音を追想する意味の歌を入れ一人にて舞ふものである。朝鮮では國王の山遊びの目出度き意味の歌を入れて舞ふ舞山香といふ舞と共に最も高尚優美な舞といはれてゐる。

四鼓舞　高麗朝の侍中李混といふ役人が罪を得て慶尚北道寧海に謫せられた。當時海上に流れて來た古木を拾ひ上げて太鼓を作つたが、其の音が非常に宏壯なりしため、之に調示を合せて一種の舞を案出し之にとを持つて舞ふものである。

文廟登歌樂　釋典は陰暦中春と中秋の上丁の日に行はれる、樂器には編磬・敔・特磬・特鍾・編鍾・鼓・壎・簫・琴・瑟等を用ゐる。

文廟武舞　登歌樂に和して行ふものであつて、現今では樂人も舞人も次第に其の數を減じ、武の舞と文の舞とを兼ね行ふ爲 折角の舞が其の體をなしてゐないのは誠に惜しいことである。

軍樂　軍樂は國王の出師・閲兵式及軍隊出動の際、部隊の先頭に於て奏樂したもので、徳川時代の修交使が江戸城に乘込むときには此の樂を奏して大に威武を示したものである。

朝鮮音樂

由來支那本國に於ては八列八行六十四人で舞つたもので之を八佾の舞と稱し天子卽ち帝王の舞としたのであるが朝鮮は六佾の舞に減じ國王の舞となつてゐるのは支那に對する遠慮からである。

宗廟軒歌樂　登歌樂に次で一段低き殿庭で奏し之につれて武の舞を行ふのである。樂器は方響・編磬・柷・大金・長鼓・編鍾及靈鼓を用ふるである。

宗廟武舞　軒歌樂につれて釼と鉾

樂曲も滅亡し、日本內地に於ても僅か其の一部分しか殘つてゐないとき、獨り朝鮮にのみ古代の俤が完全に殘存したことは、奇績といはねばならぬ。現在使用せられる主なる樂器は次の如きものである。

麾・照燭・牙栢・編磬・特磬・編鍾・特鍾・大金・缶・敔・壎・琴・瑟・柷・靈鼓・朔鼓・方響・簫・螺角・路兆鼓・杖鼓・唐笛・唐角篻・笙篁・杖鼓・伽倻琴・唐琵琶等である。

宗廟登歌樂 國王が宗廟に謁するとき又は宮中祭事のとき一段高き段上で奏する樂であつて、樂器には方響・編磬及編鍾の類を使用する。

宗廟文舞 登歌樂に和して六列六行三十六人の舞人が籥及翟を持つて舞ふものである之を六佾の舞と稱してゐる。

れ饗宴の際に用ゐられたもので、民間で行はるる同種類のものより稍々高尚なものである。

我國宮中に古くから傳へられてゐる古樂は、多く朝鮮音樂中の俗樂が傳へられたもので頌樂の方は傳へられてゐないのである。

雅樂の用途をいへば、李王家御先祖の祭祀が年四回行はれる際に用ゐるものと、孔子及其の門人を祀つた文廟の祭即ち釋典に用ゐられる二種類であつて、何れにも文の舞と武の舞とがある。

樂器　雅樂に用ふる樂器は八音と稱し器物の形體、素質によつて八種に大別し其の數は七十五の多きに達してゐる、現在李王家に於て使用せられる樂器は五十一種であるが、本家の支那では遙か昔に之等の樂器も

朝鮮音樂

朝鮮の古樂は其の形式に於ても又藝術的價値に於ても、洋樂に比べて勝るとも決して劣るものではないと斯の道の人は推賞してゐる。

現在の朝鮮音樂は李王家に傳つたものと、民間に傳へられたものとの二種があり、李王家に傳へられた雅樂には頌樂と俗樂との二種がある。

雅樂は古來李王家の儀式に用ゐられたもので、古代支那の夏・殷・周時代に行はれた宮廷音樂が唐漢時代に朝鮮に傳はり、李朝の初期に明の制度に倣つて改作したものである。

俗樂も同様唐時代に傳來したものであるが、多くは朝鮮に於て改作せら

織るや錦の韓衣
腰をめぐらす谷川の
帯も紅葉のちらし染め

十、京城昌慶苑の櫻花

昌慶の御苑の春は酣はに
花より花にあくがれて
暮るゝも知らぬ花の友
夜の眺めはまた更に
風情を添ふる雪洞に
しづ心なく散りかゝる
花の吹雪を身に浴びて
舞へや歌へや花の世の中

九、金剛山の紅葉の秋

大薩摩

夫れ奇巖怪石の景をつらぬ
飛爆急湍の趣をつくして
水石戰ふ造化の工
その數一萬二千峰
繪にも歌にも及びなき
金剛山の絶勝は
目ざましくもまたいちじるき
紅葉の秋は殊更に
木々の梢も色づきて
姿つくらふ山姫の

緒情鮮朝

朝鮮十景

秋のナ、秋の紅葉に色こきまぜて
今年や文化の花がさく
あれはナ、あれは朝鮮博覽會
ほんにサ、さうとも〳〵
西のナ、西の國からまた東から
みんな見にきたあの人の山
あれはナ、あれは朝鮮博覽會
ほんにさ、さうともさうとも
今日もナ、けふもあすとも景福宮へ
ほんに織る樣なあの人の波
あれはナ、あれは朝鮮博覽會
ほんにさ、さうともさうとも

（一三）

七、北漢山の雪の情景

ゆふべの雪にしんみりと
積もる話の明け方は
窓からのぞく北漢の
山も眞白に玉の肌
離れともなき後朝に
戀の重荷も我ものと
おもへば輕き傘を
相合にさす二人連れ
小褄からげていざさらば
雪見にころぶ所まで

八、朝鮮博覽會の盛觀

朝鮮情緒

昔しのぶも懐かしや
高句麗の都の春たけて
なほ覺めやらぬ夢の花
花と見まがふ乙女子の
舞のかざしの領巾振るや
ひらり〳〵ひら〳〵ひら〳〵
露の情にほだされて
花の色香に慕ひ寄る
蝶もひらひら、ひら〳〵
追ひつ追はれつ餘念なく
舞ふは蝴蝶か乙女子か
蝶か乙女か乙女か蝶か
ひらりひら〳〵ひら〳〵〳〵と
共に狂ふぞおもしろき

ほまれ尊き佛國寺
山の石窟の御佛は
奇しき工がのみの痕
塔の成る日を待ちわびて
池の藻屑と消えたりし
阿斯女が戀のいとしさを
聞くもあはれな物語

六、平壤牡丹臺の幻想

百花の王と名にしおふ
牡丹に似たる牡丹臺
碧に浮ぶ樓に
榮華をほこる富貴草
花の蝴蝶と身を化して

あれ月が出た島の名も
月尾島とはしをらしや
ヨイ〳〵ヨイ〳〵ヨイヤサ
返し
一つに組んで掬ぶ手に
暑さ忘るゝ岩清水
名さへゆかしき花房の
井戸に二人が水鏡
あれ月が出た島の名も
月尾島とはしをらしや
ヨイ〳〵ヨイ〳〵ヨイヤサ

五、慶州佛國寺の懷古

いにしへの新羅の都寂びたれど

朝鮮十景

歸る帆船がほの〴〵と
音頭
島は地つゞき合いのりの
自動車もよかろ舟にして
わたるもおつな宵闇た
二人して持つ盃に
あれ月が出た島の名も
月尾島とはしをらしや
ヨイ〳〵ヨイ〳〵ヨイヤサ
返し
潮湯あがりの欄干に
心も輕き夏衣
磯吹く風になぶられて
ちよつとからんだ袖と袖

（八）

朝鮮十景

三、義州統軍亭の遠望

鴨緑江の岸邊の丘に咲出でし
やまとごゝろの櫻花
開くも散るもいさぎよき
つはもの共が夢の跡
北の境を見はるかす
統軍亭の朝ぼらけ
霞晴れゆく大川に
流す筏のゆた〳〵と

四、仁川月尾島の宵月

濱唄
沖の島々海から暮れて

（七）

朝鮮十景

浮絵に見ゆる眞帆片帆
煙たなびく黒船も
大船小船打ち群れて
つゞく釜山の港入り。

二、朝鮮神宮の夏の曉

ゆるぎなき國の鎭めの宮柱
ふとしく立てる大鳥居
仰げば高き石段を
露のひぬ間の朝詣で
御稜威かしこき瑞籬に
襟を正してをろがめば
心すゞしき曉の
風のそよぎも爽かに

朝鮮十景

作歌 中内蝶二
作曲 杵屋佐吉
振付 若柳吉蔵
鳴物 梅屋金太郎

一、釜山埠頭の日の出

くれなゐの空一色に明けそめて
浪静かなる海原や
わたる潮路ものどかにて

朝鮮博覽會

一、苦勞しぬいてはや二十年
やつと今年て思がかなひ
粹をあつめて粧ひこらし
錦織りなす繪卷物
解いて見せますあなたゆゑ
朝鮮一目の博覽會
ヲルチ　クロツチ　チヨツチ〳〵

朝鮮情緒

京城小唄

（三）

人目を忍ぶ隠君子
とかく戀路はまゝならぬ
まゝよ新町戻ろかカフエー
ヲルチ　クロツチ　チヨツチ〱

一

雪は白岳紅葉は秘苑
緑の南山溪間の茶屋は
意地と張とを音メに秘める
浮名流れる漢江は
鏡と氷るスケート場
すべり轉ぶは人次第
ヲルチ　クロツチ　チヨツチ〱

京城小唄

（二）

京城小唄

一 京城よいとこ妓生よべば
　輕い拍子の長鼓につれて
　　アリラン詩調内地の歌に
チマをからげな意氣姿
　知足禪師じやなけれども
　　魔風をいれるも戀の道
　　　ヲルチ　クロッチ　チョッチ〳〵

一 鈴蘭燈の本ぶらぬけて
　鍾路夜市に手に手をとれば
　　月のパゴダに影さへさけて

京城小唄

作歌　加納萬里
節付　鳥羽屋三藏

朝鮮博覧會の歌

山有花歌（百濟末年）

朝鮮各地の民謡

目次

朝鮮語の歌

詩調

國境節

目次

妓生の舞

妓生の歴史

目次

朝鮮音樂

朝鮮情緒

目次

日本語の歌

朝鮮十景

はしがき

な效果を顯はすに相違ありません、編者はもと教育界の出身で數十年に亘り朝鮮民情には深い理解をもつ所の唯一の朝鮮研究者であります。

本書は前記二つの謠ばかりでなく朝鮮に於て目下流行するところの多くの俚謠が載せられ、又朝鮮の音樂、舞踊、遊女等に關し廣く大體の知識が網羅されて居ます、朝鮮を知るには幾多貴重なる參考材料が出版されて居るに拘はらず此の方面の情緒を伺ふには何等の著作がありません。

本書は蓋し或意味に於ける鷄群の一鶴、萬綠叢中の紅一點であります特に弊會が編者に乞ふて本書の出版に當りました所以は決して皆樣に單なる遊冶氣分を唆ることを終極の目的とするものではありません、其處に親ふべき機微の存することの御諒解が願ひたいと思ひます。

ゑがいたぼたんの花ではないが
香がなきや蝶々が止まりやせぬ

昭和四年八月

朝鮮觀察遊覽會編輯部にて

撫樽しるす

はしかき

歌謡は人の心を和らげ又人の心をのべる所謂心意氣の現はれであります、殊に俚謡には其地方のローカルカラーが頗る深刻に織込まれて居ることを否定することが出來ません、さんさしぐれで仙臺を思ひ、おばこ節では山形を想像し、やすき節では出雲のなだらかな情調が伺はれ、磯節では東海の怒濤が想像せられます。單り朝鮮にはまだ朝鮮を代表すべき歌謡がありません、鴨緑江節、國境節、白頭山節の如きは有名ではありますが、朝鮮を代表するものとしては、物足らぬ感じかします。

本書の編者はこゝに見る所ありて、今回本書を編纂し巻頭に京城小唄を掲げました、京城小唄は編者の作に係るもの京城氣分が最もよく現はれて居ます。次には中内蝶二氏の朝鮮十景を掲げました、これが今回の朝鮮博覧會と共に一般に普及されたとき、朝鮮氣分が謠と共に全國に流れ廣がることがどんなに朝鮮の將來に多くの親みを與へることでせう、朝鮮を全日本國民の心に焙きつけるには、博覧會よりもこの方が更に偉大

加納萬里編

朝鮮情緒

朝鮮朝鮮視察遊覽會發行

朝鮮情緒

여기서부터 영인본을 인쇄한 부분입니다. 이 부분부터 보시기 바랍니다.

1920년대 조선에서 노래된 일본 속요
조선 정서朝鮮情緒

초판 인쇄 2016년 3월 23일
초판 발행 2016년 3월 30일

편 자 가노 마사토(加納万里)
역 자 정병호
펴낸이 이대현
편 집 권분옥
펴낸곳 도서출판 역락
주 소 서울시 서초구 동광로 46길 6-6 문창빌딩 2층
전 화 02-3409-2060(편집부), 2058(영업부)
팩 스 02-3409-2059
등 록 1999년 4월 19일 제303-2002-000014호
이메일 youkrack@hanmail.net

정 가 17,000원
ISBN 979-11-5686-314-4 93830

본서는 정부(교육과학기술부)의 재원으로 한국연구재단의 지원을 받아 수행된 연구(NRF-2007-362-A00019)임.